다시 봄이 온다,
우리들의
봄이

다시 봄이 온다,
우리들의 봄이

김성리 지음 | 산청성심원 기획

알렙

축하의 말씀

유의배 알로이시오 신부
산청성심원 본당 주임신부

삶의 60주년을 맞이하는 산청성심원에서 기쁜 날들을 지내는 가운데 책『다시 봄이 온다, 우리들의 봄이』의 출간을 맞이하여 축사를 쓰게 되었습니다. 반가운 마음으로 이 글을 쓰기 시작하는 오늘이 바로 한국 순교자들의 대축일이며 우리 성 프란치스꼬의 작은형제회 관구 주보들의 날이라는 것을 깨달았습니다.

여기 산청성심원에서 살고 계시는 '그리스도인 형제들'인 한센인들 안에서, 순교자들의 삶과 고통과 죽음까지 그 모든 것이 계속 이루어지고 있다는 실제적인 신비를 인정하는 뜻으로 이 축사를 쓰고 있습니다.

은혜롭게도 산청성심원 형제자매들의 모습과 마음을 만나뵙

기 전에 제 본국에 있던 한센인 시설에서 먼저 그들을 만나고 선교사의 길을 떠날 수 있었습니다. 그 경험이 은혜였던 이유는 저에게 처음 내려진 선교사의 길이 남미에 있는 어떤 나라의 한센인 마을이어서, 그곳으로 가기 전에 그 체험을 얻고자 함이었는데, 주님께서 제 발걸음을 돌려 한국으로 이끌어 주셨기 때문입니다.

산청성심원 한센인들을 만나뵐 때는 주 예수님께서 수난의 길로 가시기 위하여 파스카를 준비하시기 시작한 날이었습니다. 벌써 42년 전의 일입니다. 제가 한국에 온 지 1년 3개월 정도 지났던 때였습니다. 그때는 한국어 학원의 봄 방학이었고 제가 2학년으로 4학기를 마치던 때였습니다. 바로 1977년 4월 성주간 성삼일을 시작하는 날이었습니다.

산청성심원에서 고통을 당하신 예수님과 그 고난을 함께 겪는 형제들과 같이 지낸 지 오래되었는데도 저는 그날의 신비를 기억합니다. 다시 한번 여기 남아 계시는 이 예수님의 형제자매들에게 제가 잊지 못하고 늘 간직하게 된 그 아름다운 날들의 신비에 대해 감사를 드립니다. 그 은혜에 대한 감사는 항상 마음 깊이 간직되어 있고, 그 신비에 대한 질문은 아직도 제 마음에 울립니다.

"주님, 왜 세상에 고통이 있습니까?"

이 질문에 대한 대답은 고통을 당하신 예수님과 같은 고통으로 사는 우리 산청성심원의 한센인 형제자매들에게서 듣게 되었습니다. 말을 하시지 않아도 얼굴의 미소의 표정으로, 마을 공동 생활의 서로간의 사랑으로, 모든 일에서 서로 도와주는 가정적인 태도로, 아침저녁으로 성당에 모여 큰 소리로 드리는 기도의 열성으로 대답을 받았습니다.

그때 제가 느꼈던 사실은 이런 한센인들의 삶이 얼마 전까지 살던 저의 수도 생활과 비슷하다는 생각이 들면서 한센인들과 함께 생활할 마음이 생기고 또 선교사로서의 자신감이 생겼다는 것입니다. 나중에 한국어 학원을 졸업하고 나서 1978년 성탄 시기 중 두 주간 동안 성심원의 한센인 가족들과 그들의 어린 자녀들과 함께 예수님의 성탄 은총을 넘치는 기쁨으로 받게 되었습니다. 그 당시에 사셨던 식구들에게 직접 감사를 드리지 못하지만, 지금 산청성심원에서 사시는 한 사람마다 모두에게 제 마음에서 간직하는 깊은 기억들의 은혜에 대해서 감사를 드릴 방법이 있을까 매일 생각합니다.

사실 우리는 매일 가족적인 사랑으로 서로 감사를 드렸던 것 같습니다. 그래도 한 마디 할까요?

"성심원 형제자매들이여, 당신들은 한센인들이며 예수님의 형제들입니다. 세상은 예수님과 당신들의 사랑을 필요로 합니다. 세상

사람들은 예수 그리스도 지체들의 고통과 사랑으로 구원을 받을 것입니다. 제가 한센인 형제들 가운데서 살면서 그렇게 느꼈다는 증언을 인정하려고 이 글을 씁니다. 산청성심원의 한센인 가족들에게 용기를 드림과 동시에 감사를 드립니다."

축하의 말씀

이해인 수녀
시인

지리산과 경호강을 사이에 둔 산청성심원의 60주년을 축하드립니다. 말이 없는 산과 강도 축하의 인사와 미소를 보내 오는 것 같습니다.

성심원의 사계절을 살아온 가족들의 아프고 슬프고 눈물겨운 이야기들도 마침내는 사랑과 기도 안에 승화되어 전해지는 내용이 우리를 감동시킵니다.

인고의 세월 속에 승리한 환우들의 은은한 웃음과 끊임없이 따뜻한 손길로 함께 해준 봉사자들의 나눔이 어우러진 이 책을 통해 우리 모두 하나되는 사랑으로 다시 행복해지면 좋겠습니다.

발간에 부쳐

신현재 라이문도 수사
산청성심원 통합부원장

앞에는 경호강이 뒤에는 지리산이 자리한 곳에 한센인 마을
인 산청성심원(山清聖心院)이 있습니다. 이곳은 그들과 작은형
제회(프란치스꼬 수도회) 수도자들이 함께 삶을 하느님께 의탁하
여 살아가는 곳입니다.

그 성심원이 올해 60주년을 맞이합니다. 이 뜻깊은 해를 맞이
하여 두 가지 행사를 기획하였습니다. 하나는 '산청성심원 60주
년 기념 사진전시회'이고, 다른 하나는『다시 봄이 온다, 우리들
의 봄이』라는 책의 출간입니다.

이 책은 이곳에서 생활하고 계신 한센인들이 처음이자 마지
막으로 그들의 삶을 조심스럽게 조심스럽게 세상에 처음으로 내

놓은 자신들이 살아온 삶 이야기입니다.

한센인들은 스스로를 '섬'에서 살아간다고 말합니다. 밖으로는 타인들로부터 고립되고 안으로는 스스로를 고립하는 삶으로 살아간다고 말합니다. 한생을 살아오면서 아무에게도 자신의 이야기를 할 수 없었던 그들입니다. 그런 그들이 생의 마지막 자락에서 가슴에 꼭꼭 숨겨두었던 이야기를 조용히 들려줍니다.

이 책을 통하여 우리는, 우리와 같은 시대를 살아왔지만 또 다른 세계를 살아온 그들의 삶을 엿볼 수 있을 것입니다. 그리고 그들이 우리에게 전하는 메시지를 들을 수 있을 것입니다.

이 책이 세상에 나오게 해주신 인제대학교 김성리 선생님께 감사드립니다. 2013년부터 지금까지 성심원과 인연을 맺어 봉사를 통해 그들의 아픈 마음을 어루만져 주었고, 그들의 마음을 열어주었습니다. 그리고 그들의 이야기를 소중히 책으로 담아주셨습니다.

성심원은 그들의 이야기를 세상에 들려주고 싶었습니다. 그들의 지워지지 않는 상처를 보듬어 안아주자고 말하고 싶었습니다. 이제 우리는 그들의 이야기에 답해야 할 때입니다.

마지막으로 큰 용기를 내어 우리에게 자신의 삶의 이야기를 들려주신 모든 분들에게 진심으로 감사드립니다.

차례

축하의 말씀 1 (유의배 알로이시오 신부)   ·005

축하의 말씀 2 (이해인 수녀)   ·009

발간에 부쳐 (신현재 라이문도 산청성심원 통합부원장)   ·010

제1부   성심원의 가을
_한센인으로 살아온 길, 더듬어보니

01. 이 넓은 우주에 홀로 버려지는 게 싫어   ·019

02. 몸에 좋다는 건 다 해봤소   ·026

03. 이 병은요, 부모형제도 다 떠나게 만들어요   ·032

04. 혼자가 두려워 짝을 만납니다   ·043

05. 이태리에서 왔다는 정 신부님   ·053

06. 가난해도 재밌고 좋았다   ·062

07. 세상과 성심원을 잇는 다리가 세워졌다   ·070

08. 한센인을 위한, 한센인에 의한, 한센인의 사회   ·076

제2부

성심원의 겨울
_끝이 없을 것 같던 겨울, 저 너머에는

01. "내 몸이 나의 역사이다."　　　　　　　·086
02. "내가 죄 있어 이리 산다."　　　　　　·111
03. "그 사람은 참 고왔어요."　　　　　　·135

제3부

성심원의 여름
_내 마음에 품은 옹이가 있어

01. 자식의 생사를 모르는 삶은 늘 미완이다　·162
02. 가족은 언제나 행복이 아니라 슬픔이었다　·171
03. 가슴에 묻은 두 자녀　　　　　　　　·175
04. 오로지 자신의 이야기 속에서 딸은 살아 숨 쉰다　·185
05. 나이 들어도 엄마는 늘 그립다　　　　·196

제4부   **성심원의 봄**

삶과 죽음의 길이 다르지 않았네

01. 성심원에는 삶과 죽음이 공존한다 · 212

02. 그리고 나에게 남긴 한마디: 고맙습니다 · 219

03. 육친의 마지막을 함께하지 못하는 슬픔 · 225

04. 나는 기도한다, 부디 좋은 곳에서 웃고 계시기를 · 231

05. 또 하나의 자유, 또 하나의 평화 · 238

제5부   **다시 봄이 온다, 우리들의 봄이**

우리는 한센인입니다

01. 성심원의 하루는 새벽 4시에 시작된다 · 252

02. 바깥세상은 어떤 곳일까 · 258

03. 삶을 사랑하는 구름 같은 사람들이 산다 · 266

에필로그   · 271

1

성심원의 가을

한센인으로살아온 길, 더듬어보니

성심원에는 다른 곳보다 가을이 일찍 찾아온다. 색색으로 물든 나뭇잎과 함께 화려한 세상의 가을에 비해 성심원의 가을은 수수하기만 하다. 성심원을 지키는 아름드리 나무들도 가을이 오면 숨어 있던 성격을 드러낸다. 미처 물들이지 못한 나뭇잎을 땅에 떨구어 버리는 성급함을 나타내는 나무가 있는가 하면, 찬바람이 불어와도 꿋꿋하게 버티고 서서 화려한 잎사귀를 보여주는 나무도 있다. 그 틈 사이로 여름 내내 푸르렀던 나뭇잎 대신 성심원 여기저기에서는 가을 들꽃이 고개를 내밀기 시작한다.

성심원의 가을은 짧다. 지리산 그늘은 10월 중순이 되면 오후 4시를 넘기지 않고 성심원 뜰에 내려앉는다. 산그늘이 내려오는 산청

성심원 뜰에는 커다란 은행나무가 있다. 대성당 앞의 벚꽃이 성심원의 봄이라면 은행나무는 성심원의 가을이다. 이 은행나무 곁에 작은 정자가 있다. 가을이 오면 어르신들은 삼삼오오 정자에 앉아 바둑을 두기도 하고, 지난 이야기를 나누기도 한다.

어머니들은 성심원과 지리산 자락을 누비고 다니면서 은행을 주워 모은다. 커다란 양파 주머니에 은행을 넣어 물에 불렸다가 빨래하듯이 치대어 껍질을 까서 깨끗하게 손질한다. 비한센인도 쉽지 않은 일을 제법 쌀쌀한 바람에도 아랑곳하지 않고 며칠 동안 힘든 내색도 없이 은행을 손질해서 아들딸에게 보내준다. 오염되지 않은 좋은 열매이니 자녀들이 두고두고 밥에 넣어 먹기를 원하는 마음이다.

유의배 공원 입구의 사과나무에 열린 사과도 자꾸 발길을 멈추게 한다. 작은 사과알이 여름을 지나 가을과 함께 여물어가며 붉은 색을 띠는 모습을 보면 유혹을 참기 어렵다. 성심원 곳곳에는 배추와 무가 자라기 시작한다. 수사님이 가꾸는 밭에는 성심원 요양사 어르신들과 직원들이 겨울 내내 먹을 배추와 무가 자라고, 자투리밭에는 가정사 어르신들이 심은 배추와 무가 자란다. 성심원의 가을은 함께 나누어 먹고 겨울을 따뜻하게 지낼 수 있는 또 다른 생명이 강하게 숨 쉬는 계절이다.

가을이 되면 어르신들의 마음도 한 곳에 머무르지 못한다. 가을 야유회도 가고 싶고, 경호강을 건너 잠시라도 어딘가에 다녀오고 싶다. 이 가을이 지나면 혹독한 겨울이 올 것이니 그전에 기지개라도 한 번 펴고 싶은 것이다. 10월이 가면 성심원의 가을도 간다. 다른 곳보다 일찍 와서 눈 깜짝할 사이에 찬바람을 몰고 오는 성심원의 가을이 어르신들의 삶을 닮았다. 가을은 열매를 주는 수확의 계절이기도 하지만, 곧 겨울이 올 것임을 알려주는 계절이기도 하다. 성심원에도 이 가을이 지나면 혹독하고 긴긴 겨울이 올 것이다.

—이 넓은 우주에 홀로 버려지는 게 싫어

한센인들에게 부부의 연을 맺는 일은 일반인들이 하는 결혼과 다를 바 없어 보인다. 그러나 자세히 들여다보면 다르다. 대부분 초혼이 아니라 재혼 또는 삼혼의 형태를 지니고 있다. 발병하면 강제 이혼을 당하거나 스스로 집을 나와 한센인 마을에서 지내며 서러운 삶을 서로 어루만져주다 가정을 이룬다. 또 사별 후에 오랜 시간이 지나지 않아 새로운 가정을 이루기도 하는데, 거기에도 다른 이유가 있다. 그들은 외로운 것이다. 흔히 말하는 옆구리가 시린 그 느낌, 홀로 이 넓은 우주에 버려진 것 같아 잃어버린 반쪽이를 찾듯이 그렇게 가정을 이룬다.

안젤라 씨는 성심원의 행사에 참여하지 않고 가정사에서 홀로 지내는 시간이 많다. 시간이 날 때마다 가정사 복도의 창틀을 윤이 나도록 닦고, 입구의 스텐 안전대도 먼지 한 톨 없이 닦는다. 붉은 백일홍이 터질 듯이 나무에 가득 피었을 때 제비 몇 마리가 나와 안젤라 씨 앞에서 비행을 했다. "저거는 귀제비다. 제비라고 똑같은 제비가 아이라." 부지런하게 성심원 가정사 처마 밑을 들락거리며 날아다니는 제비를 보며 어린 시절 부르던 노래를 들려주었다. "비리고 배리고 건너 마을 김 첨지네 갔더니 콩 한 쪽 안 주더라 비리고 배리고 비리고 배리고." "제비도 후한 인심과 악한 인심을 아는 기라."

제비라고 같은 제비가 아님을, 제비에 따라 짓는 집 모양이 다르고, 꼬리 길이가 다름을 열심히 알려주는 안젤라 씨는 한센인 남편을 따라 성심원에 와서 지금은 홀로 지낸다. 두 번의 결혼 실패와 고단한 삶에 지쳐 있을 때 남편을 만났다. 한센병을 앓던 남편은 오갈 데 없어 어린아이를 데리고 다리 밑에서 지내던 안젤라 씨에게 기댈 벽을 만들어 주었다. 그 인연으로 남편과 부부의 연을 맺고 성심원으로 왔다. 아이를 낳고 살다가 아이들을 위해 안젤라 씨만 아이들과 함께 밖에서 지내기도 했다. 성심원에서 혼자 지내던 남편이 시력을 잃고 건강이 나빠지자 다시 성심원의 남편 곁으로 돌아왔다.

병든 몸이었지만 안젤라 씨에게 먼저 손을 내밀어 주었던 남편을 떠나보내고 혼자 지내는 요즘에는 가끔 찾아와 이것저것 살펴주고 먹거리를 챙겨주는 아들을 보는 기쁨으로 지낸다. 하루 종일 거실에 앉아 TV를 보다가 배고프면 한 숟가락 떠먹고 나와서 가정사 입구 안전대와 창틀을 닦는다. 백일홍 꽃을 보며 "저거는 백일홍 아이라. 배롱나무 꽃이다. 진짜 백일홍은 요래 대가 쪼뼛하게 올라오모 그 끝에 꽃 한 개가 달린다."라며 배롱나무 꽃의 색깔이 여러 종류라는 것도 알려주었다. 이런저런 이야기를 하다가도 그 자리에 내가 처음부터 없었던 것처럼 갑자기 이야기를 멈추고 집으로 들어가 TV를 켜기도 한다.

성심원에서 지내는 한센인들의 연령대는 높고, 기억은 파편화되어 가고 있다. 그럼에도 그들은 자신들의 발병 당시 상황을 선명하게 기억한다. 그것은 한센병 발병이 그들에게는 절대 치유될 수 없는 상흔이며 깊고 깊다는 의미이다. 또 공통적인 사실은 자식들에게만은 이 병을 물려주고 싶어하지 않으며, 행여나 그럴까봐 노심초사했다는 점이다. 베르다 씨는 경남 진양군 문산면 소문리(지금은 진주시)가 고향이다. 장날이면 여기저기서 끌려온 소들이 꼬리로 파리를 쫓고 매매된 소가 '음메' 하며 새 주인을 따라가던 장면을 기억한다.

열세 살 때부터 발바닥과 얼굴에 붉은 반점 같은 결절이 생겼다. 상처가 나도 스스로 느끼지 못하고 주위에서 상처 났다는 말을 해줘야 비로소 상처가 난 줄 알았다. 학교에서 넘어져 생긴 팔꿈치 부근의 상처가 낫지 않고 부위가 커졌지만, 크게 아프다거나 쓰린 증상을 느끼지 못했다. 입 부근에도 이상 증상이 있었지만 어렸을 때 앓았던 소아마비의 한 증상으로만 여겼다. 결절이 눈에 띄게 나타나기 시작하자 동네 사람들이 수군거리며 가까이 오기를 꺼려하면서 비로소 자신이 몹쓸 병에 걸렸음을 직감했다. 당시 문산 성당에는 한 달에 한 번씩 한센병에 걸린 사람들을 대상으로 주사를 놓아주러 오는 사람이 있었다. 주사를 맞으러 가서 성심원이 있다는 이야기를 들었다.

열네 살 동짓달, 매섭게 추운 날 얼어 있는 강을 걸어서 성심원으로 왔다. 1962년 초겨울이었다. "시집 안 간 아가씨는 나 하나였어." 아가씨라고 지칭하기에는 어린 나이였다. 앞을 못 보는 아주머니가 있는 집에서 성심원 생활을 시작했다. 열아홉 살 때 열두 살 많은 남편과 결혼하고 아들만 셋을 낳았다. 성심원에서도 아이들이 어느 정도 성장하면 대전에 있는 보육원으로 보내야 했다. "둘이까지는 그리 했어. 막내까지는 못 보내겠데. 영감한테 나는 이리 못 산다고, 아들 데꼬 시엄니 있는 부산으로 간다고 했제. 남편도 끝까지 반대하지 못하고, 마지못해 '그러자'고 했다." 아이들을 데리고 시어머니가 있는 부산으로 갔다. 베르다 씨가 1년에 두세 번 정도 남편을 보러 오면, 남편은 1년에 한 번 정도 부산에 다녀갔다.

그런 세월을 20년 정도 보내고 아들들이 모두 가정을 꾸리자 시어머니와 함께 산청으로 와서 성심원 옆 경호마을에서 지내다 시어머니 돌아가시고 성심원으로 왔다. 경호마을은 초창기 성심원에 있던 한센인들이 독립하여 꾸린 마을이다. 성심원을 거닐다 보면 무심코 경호마을로 들어서게 된다. 어릴 때 앓았던 소아마비와 한센병으로 불편한 몸이지만 가능하면 혼자 움직이려고 노력한다. 직원들의 도움을 받으면 영영 혼자 움직이는 게 어려워질까 염려되어 하루에 몇 번씩 성심원을 천천히 산책하며 몸을 움직인다.

베드로 씨는 경북 영덕군 부북면이 고향이다. 언제쯤이었을까? 기억이 정확하지 않지만 대략 아홉 살에서 열 살 즈음 우연히 생긴 오른쪽 엄지발가락 상처가 낫지 않았다. 초등학교 1~2학년 때에는 늘 달리기 선수를 했지만 엄지발가락에 상처가 난 이후로는 달리기도 잘 되지 않았다. 가을이 되자 왼쪽 팔이 어디가 아픈지 모르게 아프기 시작했다. 분명히 팔은 아픈데 어느 부위냐고 물으면 딱 집어 말할 수가 없었다. 얼마나 지났을까. 손가락이 펴지지 않았다. 정확하게 말하면 손가락을 오므렸다 펴는 게 마음대로 되지 않았다.

집에 세 들어 살던 초등학교 교사가 유심히 보고 한센병을 의심했다. 불안한 마음으로 지내던 중 집에 온 사촌 자형의 확신으

로 포항에 있는 시설로 갔다. 그곳에서 확진 판정을 받고 5년 동안 지내며 답손(DDS)을 처방받아 복용하자 증상은 호전되어 갔다. 다시 영덕으로 옮겨 2~3년을 지냈다. 어느덧 스무 살을 넘기며 독립하고 싶은 마음이 간절했다. 무엇을 하든 잘할 수 있을 것만 같았다. 푼푼이 모은 돈과 여러 도움을 받아 작은 구멍가게를 내고 열심히 살았다. 그러나 세상사는 마음과 달리 자꾸 다른 방향으로 나아갔다. 결국 구멍가게를 접고 자전거 부속 제조 공장에 취직했다.

그럭저럭 20여 년 동안 사회생활을 했다. 그동안 그 어느 누구에게도 자신이 답손(DDS)을 복용하는 환자라는 사실을 말하지 않았다. 하지만 약을 처방대로 복용했음에도 한센병의 증세가 다시 나타나기 시작하자 세상이 무너져 내리는 것 같았다. 철부지 코흘리개 시절에는 한센병에 대한 이해도 없었고, 이 병이 자신의 삶을 어떻게 바꿀 것이라는 인지가 없었기에 그때는 오직 부모님 품을 떠나는 게 싫었다면, 청년기를 거쳐 장년기에 접어들 무렵 다시 나타난 병을 마주했을 때에는 두려움에 몸을 떨었다. "그때 나는 이미 죽었어." 삶의 의지를 잃고 모든 것을 정리하고 엠마 병원에 입원했다.

40여 년 전에 성심원으로 왔다. 성심원에서 만나 가정을 이룬 아내를 간암으로 잃고, 이제 홀로 팔순을 바라보고 있다. "계절이 오면 오는가, 가면 가는가"하는 마음으로 살고 싶지만, 그게 잘 되지 않음을 한탄했다. "세월이 약이겠거니 하는데, 세월이 약이 되겠소?"라고 되묻는다. 그렇다. 세월이 절대 약이 될 수 없는 이들을 성심원에서 수없이 만났다. 낫게 할 수 있는 약이 없는 병, 의학적으로 병이라고 규정하지 않는 병, 그 병을 평생 동안 그림자처럼 안고 가는 이들을 나는 오늘도 만난다.

──몸에 좋다는 건 다 해봤소

한센병은 반점, 붉은 결절, 작은 종기 형태로 나타났다. 한 번 나면 낫지 않고 낫더라도 주변으로 번지는 특성을 보였다. 땀이 나지 않는다든가, 손가락 관절의 뻣뻣함 등도 함께 나타났다. 병원이나 의원 등에서 전문가에 의한 진단과 처방보다는 알음알음으로 한센병임을 직감했다. 그런 관계로 발병 초기부터 정확한 약을 처방받지 못했다. 우리나라에서는 1953년부터 답손이 한센병 치료제로 사용되었다. 그 이전에는 전해지는 말이 치료제였으며, 한센병을 인지하지 못한 의원에서는 평범한 피부병으로 진단했고, 한의원에서는 침을 놓고 부황을 뜨는 방법으로 치료하면서 더 악화되기도 했다.

"나가서 놀다가 오면 땀이 나잖아. 그럼 더 벌게. 엄니가 부뚜막 가마솥 밑에 들러붙어 있던 검정을 긁어 붙여주었는데, 신기하게도 좀 지나면 벌겋게 성이 나 있던 게 좀 사그라들어."

"변소에 앉았다 일어서는데 허벅지에 뭔 뽀루지 같은 게 있어서 손톱 끝으로 살짝 튕기니까 진물 같은 기 나와서 다리에 씩 문대고 했어. 그 묻은 자리에 또 생기더라고. 인자 생각하모 아무것도 모르고 내가 막 내 몸 여기저기 옮긴 거야."

"나는 뭐 나는 건 없었어. 손이 먼저 뻣뻣하고 손가락이 잘 안 움직여지대. 추버서 그렇나 얼어서 그렇나 싶어서 맨날 호호 불고 다녔제. 갈수록 더 하고 봄이 돼도 더 해서 어머니한테 말하니까 얼굴에 근심이 가득하대."

설령 답손을 처방받아도 미션 계통의 시설이나 병원에 입원했을 때의 이야기이다. 주로 쓰이던 것은 대풍자나무 열매기름(대풍자유)이다. 문제는 이 기름의 가격이 만만치 않았다는 것이다. "부르는 대로 줘야 해. 어떤 장사치는 병에 넣어 와서 쌀 한 가마니 값으로 부르고, 어떤 사람은 그 왜 페인트 통 같은 거 있잖나. 그런 거를 미군 부대에서 많이 버리거든. 거기 담아 와서 쌀 두

가마니 값을 부르기도 했어." 대풍자나무 열매기름은 효과가 빨랐다. "그거는 (효과) 볼라 하모 빨리 나타나. 세 번 정도 묵고 주사 맞으니까 손바닥에 땀이 나더라고." 대풍자유를 복용하거나 주사 맞았다는 것은 그나마 부모에게 재정적인 여유가 있었음을 뜻한다.

성심원에 있는 한센인들의 팔 여기저기에는 희미하고 작은 흉터들이 있다. 대풍자유를 주사 맞은 흔적이다. 대풍자나무 열매를 불에 구워서 압착하면 하얀색 액체가 나온다. 하얀색일 때는 냄새가 없지만, 시간이 지나면 누런색을 띠고 시간이 더 지나면 황갈색을 띠기도 한다. 이렇게 색이 변하면 지독한 냄새가 나기 시작한다. 한센인들에게 오는 대풍자유는 대개 이렇듯 시간이 지나 오기 때문에 그것을 먹는다는 건 질병을 받아들이는 것만큼 힘든 일이었다. 간혹 하얀색일 때의 기름을 먹은 분을 만나기도 한다.

"그 왜 삼겹살 굽고 나모 기름이 엉켜서 그렇잖나. 꼭 그것 같애. 딱딱하게 굳어 있는데, 숟가락으로 살살 긁으면 또 일어나. 그것을 녹여서 유리 주사기에 넣어서 맞아. 아이고, 뜨거워. 불 주사야."

뜨거운 기운이 지나고 나면 피부 속으로 흡수되고 남은 기름은 다시 딱딱하게 굳는다. 그대로 지내다가 근육층에서 흡수되지 못하고 남은 대풍자유가 때로는 염증을 일으키기도 하고, 때로는 피부 밑에서 굴러다니기 때문에 빼내주어야 한다. 그렇게 주사 한번 맞으면 작은 상처가 한 개 만들어진다. 운 좋게도 초기에 대풍자유를 먹거나 주사 맞고 나았다는 분들도 있다. 병원에서 완치 판정을 받아 나았다는 것이 아니라 더 이상 병세가 나빠지지 않았다는 뜻이다. 한의학에서는 대풍자 기름이 항균작용을 지니고 있으며 피부 발적에 효험이 있는 것으로 알려져 있다. 요한 씨의 부인도 초기에 대풍자유를 먹고 고운 외모를 유지할 수 있었다.

대풍자유는 역겨웠다. 주사를 맞을 때는 녹여서 몸에 기름을 넣었지만, 복용할 때는 녹이면 먹기에 더 힘들었다. 그래서 굳어 있는 대풍자유를 숟가락으로 떠서 김치 이파리에 싸 먹었다. "옛날에는 지금 겉은 김치가 있기나 했나. 시퍼런 배추에 고춧가루가 가뭄에 콩 나듯이 있는 김치, 그거 없으모 그 기름은 묵지도 못해." 가롤로 씨는 대풍자유를 먹던 기억을 생생하게 재현했다. 김치 이파리를 두 개 세 개 포개어 손바닥에 놓고 대풍자유를 떠서 김치 이파리로 싼 다음 그대로 삼켰다. 삼키지 않으면 먹을 수 없었다. 그렇게 삼켜도 역겨운 냄새와 속을 뒤집어놓는 맛으로 토해내는 게 무사히 삼키는 것보다 많았다.

"아주 쓴 풀이 있었어. 고삼인가, 아마 그렇제. 아따 그거는 쓰버서 쓰버서 입에 넣는 순간 바로 튀어나와부러. 그 풀물은 입에 넣고 입을 틀어막아야 혀."

일부 지역에서는 느삼태라고 불리는 고삼을 말한다. 이 땅 여기저기서 쉽게 볼 수 있는 풀이었기에 대풍자유를 구할 수 없었던 가난한 어머니들은 고삼을 뿌리째 뽑아와 달여서 그 물을 자식에게 먹였다. 고삼을 먹고 증상이 나아졌다는 한센인은 만나지 못했다. 또 고삼은 오래 먹으면 속이 쓰려 견디기 어려웠다. 심하면 밥을 못 먹고 누룽지를 끓여 먹어야 할 정도였으므로, 어쩌면 효과를 볼 수 있을 때까지 복용한 사람을 만나기 어려운 것일 수도 있다.

대풍자나무 열매 자체는 고소한 맛이 있었지만, 열매를 먹는 것은 치료 효능이 없었고 기름을 짜서 먹어야 했다. 대풍자유를 구하기가 어려웠고 가격이 비쌌던 이유는 고삼처럼 흔한 나무가 아니었기 때문이다. 대풍(大風)이란 중국어로 나병(癩病)이라는 뜻이며 오래전부터 피부병과 한센병의 치료제로 쓰였지만, 일부 지역에서만 열매 채취가 가능했기에 쉽게 구할 수 있는 고삼에 비해 가격이 비쌌다. 주로 박물장수나 장꾼들이 가지고 다녔다. 드물게 한약방이나 한의원에서 열매를 구하기도 했지만, 그런 경우에는 집에서 기름을 짜야 했다.

"집집마다 다니면서 대풍자유를 파는 사람이 있었다. 돈이 있어도 우리 같은 사람은 대놓고 사러 다닐 수가 없다 보니 박물장수 같은 사람들이 약쟁이 역할을 했거든. 세상 이야기도 듣고 어디에 같은 병자들이 모여 사는지도 듣고. 그 사람이 그런 일을 했다. 나도 예전에 그 사람한테서 이런저런 약들도 사고 이야기도 주워들었거든. 근데 여기서 딱 만났네. 자기가 예전에 하던 일을 말하지 말라고 해. 요새는 그런 일 안 하거든. 혼자서 애들 키운다고 한 일이지만 밝히고 싶지 않은가벼."

약은 귀하고 자유롭게 나가서 치료받기도 어렵고, 남의 눈을 피해 숨어 사는 한센인들에게 박물장수는 세상과 소통하는 통로였다. 억만금을 주고서라도 숨어 살아야 하는 자식의 병만 나을 수 있다면 논도 팔고 밭도 파는 부모들이 있었다. 일부 박물장수들은 환자와 부모의 아픈 상처를 교묘히 파고들었다. "모두가 그런 건 아닌데 대체로 그랬어. 저 할마이가 좀 그랬어. 딱 보자 욕이 나오더만." 쓸모없는 약들도 가져와서 팔고 가짜 대풍자유도 팔았다. 병든 몸으로 자식을 키워야 하는 어미의 어쩔 수 없는 선택이었다 해도 한센인들이 받았던 배신감은 컸다.

하지만 서로 만나고 싶지 않은 인연이 멀고 먼 시간의 다리를 건너 성심원에서 만나 좋은 친구가 되었다. 몸이 불편한 할아버지를 대신해 할머니는 예전의 박물장수 능력을 발휘하고 있다. 박물장수였으나 본인도 한센병을 앓던 할머니는 그 옛날 자신의 단골 손님을 만나자 처음에는 외면했다. 하지만 먼 길을 돌고 돌아 성심원에서 만난 것도 알 수 없는 이치라 생각하고, 이제는 둘도 없는 친구가 되었다. 몸이 좀더 많이 불편한 할아버지를 위해 장날이면 성심원에서 운행하는 차를 타고 나가 이것저것 필요한 것들을 사다 주기도 하고, 장에서 보고 들은 것들을 들려주기도 한다. 하지만 병든 몸으로 아이들을 키우기 위해 전국을 다니며 때로는 가짜 약을 팔아야 하는 박물장수로 살아온 세월을 가슴에 묻은 할머니에게 찾아오는 이는 없다.

—이 병은요, 부모형제도 다 떠나게 만들어요

대풍자유를 먹은 대부분의 한센인들은 병세를 잡지 못했다. 미카엘 씨의 어머니는 의원에서 어렵게 대풍자 열매를 구해 바람 잘 드는 마루 끝에 걸어놓기도 했다. 그때마다 동네에 들어와 구걸하는 한센인들이 호시탐탐 노려 어머니가 애를 태우기도 했다. 미카엘 씨는 열여섯 살 때 무릎 부위에 종기가 나더니 물집이 잡히기 시작했다. 대풍자유를 먹어도 차도가 없었고, 대구 애락원으로 갔다.

그곳에서 답손을 복용하면서 증세는 조금씩 좋아졌다. 더 이상 겉으로 병세가 보이지 않아 퇴소하여 집에서 농사일을 거들었다.

결혼도 했다. 농사일만으로는 집안 형편이 나아지지 않아 공장에 다니기도 했다. 그러는 사이 아들 딸이 태어났다. 마음 한구석에는 자신의 병이 늘 걸렸지만, 그런 대로 행복한 시간이었다. 하지만 불행의 신은 어디에나 있었다. 병은 재발했고 손가락의 문제가 심해졌다. 남편의 병력을 알게 된 아내는 집을 나갔다. 더 이상 아내를 붙잡을 수 없다는 걸 알았기에 이혼하고 떠돌아다니다 성심원에 고단한 삶을 의탁했다. 여든 중반을 넘어서는 나이에도 자식에 대한 미안함과 걱정은 떠나지 않는다. 노령 연금과 국가에서 지급되는 한센인 보상금이 유일한 수입이지만, 아끼고 아껴서 아들에게 송금한다.

부부만 생이별을 하는 게 아니다. 한센병에 걸린 자식을 버리고 가야 하는 부모도 있다. 산청성심원이 설립 40주년을 기념하여 펴낸 『예수 성심의 마을─성심원 40년사』 160쪽에는 당시 원장인 나 알베르또 신부가 1967년 1월에 이탈리아의 후원자들에게 후원을 요청하며 보낸 편지 내용이 담겨 있다. "지난 3개월 동안 5명의 신생아들이 부대와 짚으로 싸인 채 마을 어귀에 버려졌습니다. 며칠 전에는 나병에 걸려 상처투성이인 한 소녀가 아버지 손에 이끌려 우리 마을에 왔습니다. 그 아버지는 강어귀에 와

서 문지기를 부른 후에, 뒤도 보지 않은 채 우는 아이를 두고 도
망가 버렸습니다." 엠마 씨는 오래전, 자신을 음식점에 버려두고
떠나간 아버지의 뒷모습을 아직도 잊지 못한다. 우는 아이를 두
고 간 아버지나 음식점에 아이를 두고 간 아버지도 한평생 버린
자식을 가슴에 품고 살았을 게다.

　　"나 겉은 사람 세상 천지에 없어. 누가 알아? 알아주는 것도 바
　　라지 않고 그냥 죽게 냅둬. 내가 죽겠다는데 왜 이래? 죽는 것도 내
　　맘대로 못해?"

　데레사 씨는 오늘도 '죽는다'는 말을 달고 있다. 실제로 성심
원 앞 경호강물에 뛰어드는 걸 직원들이 달려들어서 데리고 나오
기도 한다. 가톨릭 신자는 자살하면 죽어서 지옥에 간다는 믿음
때문에 자살을 꺼린 적도 있었지만, 영감님 떠나고 긴 세월을 홀
로 지내면서 이제는 자살만이 살 길이라는 믿음으로 지내고 있어
서 직원들이 가까이 두고 한시도 눈을 떼지 않는다. 가정사 자신
의 집에서도 방에서 지내기보다는 거실에서 지내는 시간이 많다.
더운 여름날에는 현관 바로 앞에까지 나와 누워 지내기도 한다.
　실제로 자살을 시도했던 한센인들은 혹시 직원이 눈치 챌까
봐 살그머니 빠져나가거나 눈에 잘 띄지 않는 산으로 들어갔노라

고 말해 주었다. 하지만 데레사 씨는 늘 '죽을 끼다'라는 말을 하며, 사람들 눈에 잘 뜨이는 경호강으로 간다. 데레사 씨의 자살 시도는 어쩌면 '나는 반드시 죽겠다'가 아니라 '너무 외로워 살 수 없으니 나 좀 봐달라'는 일종의 메시지인지도 모른다. 주변에서 '아들이 왔다 갔다', '딸이 뭘 사 보냈다'라는 말이 들려오면 외로움은 가슴에 사무치다 못해 뼈 마디마디가 아파오기 시작한다. 녹내장이 있어 화투도 칠 수 없고, 심장병이 있어 성심원에서 보내주는 소풍이나 여행도 갈 수 없으니, '생각하는 게 죽는 것뿐이다.'

늘 '불국사 아래'가 고향이라는 말만 하지 정확한 지명을 말해 주지 않는다. 몇 년 전까지만 해도 성심원이 하는 거의 모든 일에 시비 아닌 시비를 걸거나 시시콜콜 캐묻던 그 힘은 이제 없다. '따지고 묻는 것이 나의 힘'이라고 믿고 있는 게 아닐까 싶을 정도로 열성적으로 성심원의 행정일을 알고 싶어하고, 자신은 함께 갈 수 없는 제주도 여행을 진행하는 성심원 직원들이 너무 미워서 따지고 또 따졌다. "살아라고 주신 생명인데 자꾸 죽겠다 하지 마시고 끝까지 사셔야 해요."라고 했다가 거의 석 달 동안 문전박대를 당하기도 했다. 데레사 씨의 외로움은 감히 상상할 수가 없다. 밑바닥을 알 수 없는 거대한 동굴처럼 외로움은 데레사 씨의 삶에 깊이 자리 잡고 있다.

"요 봐라, 요 봐라. 성심원도 환자들을 차별한다 아이가. 나도 병잔데 왜 저거끼리만 제주도 가노. 나는 못 가는데. 당신 겉은 사람은 몰라. 그냥 심심하니까 여게 와서 자꾸 묻는 거 나는 다 안다. 우리 엄니 내 일곱 살에 죽고 동생은 여섯 살인가 그때 병으로 죽고, 나가 동네 새미 물 떠서 밥 해묵고 살았어. 학교도 안 보내주고 가수나가 공부해서 쓸 데 없다고 맨날 밥만 시키더마는 열일곱 살에 죽어삐대. 안 보고 싶어. 스물한 살에 여게 와서 팔십이 다 돼 가는데, 세상천지 피붙이 하나 없는데, 갈 데도 없고 나는 여게서 이라다 죽을 낀데 그냥 죽으나 나가 죽으나."

학교에 보내달라고 조를 때마다 엄하게 야단치던 아버지의 모습만 선명하게 남아 있는 데레사 씨에게 가족은 의미 없는 허상일 뿐이다. 천애고아가 된 데레사 씨는 아버지 장례를 지내고 부산에서 사는 고모 집으로 갔다. 고모 집에 온 지 얼마 지나지 않아 팔에 빨간 결절이 생기기 시작했다. 처음에는 목욕할 때에 때를 심하게 벗겨 그런 줄 알았다. 더 심해지자 방문한 동네 피부과 병원에서 용호동으로 보내는 게 좋겠다고 하자 고모와 고모부는 한센병임을 직감하고 좋다는 약은 다 구해 줬다.

"묵고 나모 창자까지 넘어올 것 같은 기름약(대풍자유)을 묵으니까 빨갛게 나던 게 싹 없어지대." 그래도 마음이 놓이지 않은 고모는 답손을 구해 왔다. 세 번 나누어 먹으라는 100ml 약을 한 번에 두 알씩 먹었다. 약을 먹으면 사라졌다가 약을 먹는 게 힘들 어 나았나 보다 하고 복용을 중단하면 붉은 결절은 다시 나타났 다. 그 와중에도 고모에게 학교에 보내달라고 졸랐지만, 학교에 는 들어가지 못했다. 너무나 글자를 익히고 싶어 이웃집 아이에 게 초등학교 책을 빌려 혼자 공부했다. 덕분에 버스 정도는 누구 에게 묻지 않고 타고 다닐 수 있었다.

학교만 제대로 다녔어도 이렇게 살지는 않았을 거라는 한탄 을 하면서도 자존심을 내려놓는 일은 없다. "전에 여게 마이 배운 사람도 있었다. 그나 나나 다를 게 뭐 있노. 병 걸리모 똑같지." 성 심원이 어느 정도 안정되었을 때, 잠시 한글을 배울 기회가 있었 지만, 강사의 사정으로 한 달을 채우지 못하고 중단되었다. 그 이 후로는 배움에 대한 목마름으로 혼자 쓰고 읽기를 멈추지 않았다. 고등학교를 중퇴한 영감님은 글을 가르쳐주지도 않고 은행 일도 도와주지 않았다. 할 수 없이 은행에 가고 시장에 갈 때는 영감님 이 원망스럽기만 했는데, 그런 과정에서 알음알음 한글을 독파 했으니 "지금 생각하모 영감이 고맙지. 영감이 남긴 선물이지." 싶다.

"다 말을 안 해서 그렇지 그런 생각 안 해본 사람 없어요. 이 병 걸려 봐요. 살고 싶지 않아요. 이 병은요, 부모도 형제도 자식도 다 떠나가게 만들어요. 그냥 병자는 병자끼리 알아보고 그리그리 살아요. 어찌 사는지 왜 사는지도 모르고 그리 살다 보니 지금까지 사는 겁니다."

프란체스코 씨는 병원에서 확진을 받고 바로 집으로 돌아가지 못했다. 세수 후 얼굴을 닦을 때마다 눈썹이 빠지더니 곧 결절이 나타나기 시작했다. 동네 의원을 믿고 싶지 않아서 배를 타고 나와 부산대학교 병원까지 갔지만, 결과는 한센병 감염이었다. 며칠을 여기저기 정처 없이 다니다 돈이 떨어지자 집으로 돌아갔다. 아무도 나가라고 하지 않았지만 아무도 가까이 하지도 않았다. 혼자 바닷가라도 나가면 모두 슬금슬금 뒷걸음질을 쳤다. "차라리 다른 환자들에게 한 것처럼 나가라고 동네 사람들이 행패라도 부렸으면, 나도 한소리하고 나왔을 건데, 피하기만 하니 더 힘들었습니다."

아무도 모르게 집을 떠났다. 부모님이 바다에 나가 있는 동안 그는 배를 타고 섬을 빠져나왔다. 대구에 있는 가톨릭병원 피부과로 갔더니 성심원을 소개해 줬다. 프란체스코 씨는 늘 사랑을 꿈꾼다. 그렇다고 불온한 생각을 하는 것은 아니다. 성심원 안에서도 가정을 이루고 사는 사람이 가장 부럽다. 자살은 수도 없이 생각하고 몇 번 실행도 해봤다. 반드시 죽겠다는 생각보다 순간 사는 게 무의미해서 시도하다 보니 번번이 실패했다. 다른 사람에게 폐를 끼치고 싶지 않고, 도움도 받고 싶지 않고, 다만 사는 동안 가슴에 미지의 사랑을 품고 꿈꾸듯이 살고 싶다.

문제는 술이다. 그놈의 술이 문제다. 술을 마신 날이면 시간이 밤이든 새벽이든 관계없이 전화를 걸어온다. 이야기는 늘 같다. "신이 있습니까? 신을 믿습니까? 신은 정말 인간을 사랑합니까? 신은 자비롭습니까? 신이 인간을 구원합니까? 신이 나를 구원해 줄까요?" 나의 대답을 기다리는 질문이 아니다. 평소에 그가 스스로에게 수없이 했을 질문들, 스스로 답을 찾았지만 인정할 수 없었던 의문들이다. 프란체스코 씨는 그 질문에 대한 답을 스스로 너무나 잘 안다. 그래서 술을 마시고 술의 힘을 빌려 위안을 구하지만, 돌아오는 건 맑은 정신으로 느끼는 낭패감과 부끄러움이다.

프란체스코 씨의 음주는 종종 크고 작은 문제들을 일으켰다. 술을 깨고 나면 기억도 나지 않는 일들로 반성문도 쓰고 사과도 하고, 원장님 앞에 고개를 숙이고 다시는 술을 마시지 않겠노라 맹세도 하지만, 술은 여기저기에 있다. 집집마다 매실주도 있고, 오디주도 있다. 오늘은 딱 "한 잔만 하라" 하면서 술을 권하는 이들도 있다. 정신 맑은 날이면 작은 텃밭도 가꾸지만, 혼자 밥상에 앉으면 주체할 수 없는 외로움이 밀려오며 울컥해진다. 사별하여 홀로 사는 분들은 많아도 가정을 한 번도 이루지 못한 채 홀로 사는 분은 드물다. 그래서 프란체스코 씨는 오늘도 술을 마신다. 그리고 스스로 지키지 못할 약속을 또 한다.

장맛비는 오락가락 하는데

술 한 잔 생각나네

내가 정한

금주 기간이지만

추억을 안주 삼고

고독을 친구 삼아

술 한 잔 했으면

그러나

나와 한 약속

내가 지켜야지

그래서

난

일찍

꿈나라 기차를 탄다.

—프란체스코, 「나와의 약속」 2015년 7월

술 하면 야고보 씨도 빠지지 않는다. 너무나 가난해서 여덟 살까지 제대로 된 신을 신은 기억이 없는 야고보 씨는 장가를 들지 못했다. 가난으로 학교에 가지 못했으니 글자를 배우지도 못했다. 열여섯 살에 발병했지만 한센병인 줄도 모르고 아버지를 도와 농사만 지었다. "죽어라고 해도 배부르게 먹어본 기억이 없어. 재미도 없고." 그래서 몰래 집을 나와 막노동과 중국집 등 여기저기를 전전하다가 징집영장이 나왔다는 소식을 우연히 듣고 집으로 돌아왔다. 신체검사에 이유도 모른 채 4번이나 떨어지면서 어렴풋이 몸에 나는 "얄궂은 기" 원인이라는 생각이 들었다. 용하다는 한의원을 찾아다니며 침도 맞고 약도 먹었지만 점점 더 심해졌다.

"신체검사 할 때 그 군인 의사는 알았을 기라, 틀림없이. 그때 '니가 한센병에 걸렸다' 했으모 제대로 된 치료를 받았을라나." 두고두고 아쉽고 생각하면 화가 나지만 이미 지난 일이니 체념하고 지낸다. 한글은 어깨너머로 겨우 익혀 읽고 쓰지만 "배운 게 없으니 뭐 생각나는 것도 없어."라는 말을 자주 한다. 평소에는 말이 없고 화난 듯이 앞만 보고 걷는데, 환하게 웃거나 말을 먼저 걸 때면 어김없이 술과 어깨동무한 상태이다. "술도 없이 뭔 재미로 살아."라며 웃을 때에는 눈이 보이지 않는다. 다행스럽게도 야고보 씨의 술은 딱 거기까지이다. 혼자 외로워서 마시고 혼자 술의 힘을 빌려 웃고 말하는 것, 거기까지이다.

___혼자가 두려워 짝을 만납니다

"아이고, 자식이 있어 봐요. 그다가 자식이 번듯하게 직장 다니고 잘 되어 있으모 주변 사람에게 관심 없고 억지도 안 부려요. 아이고, 오지도 않는 건 있어도 자식 아니라요. 그런 사람은 더 힘이 없어요. 자식도 없고 아무도 없는 사람이 억지를 부리고 큰소리 치고 시비 걸고 그래요. 자식 있으모 행여 그 자식한테 나쁜 기운 갈까 봐 얼매나 조심한다고요."

가족이란 무엇일까? 가정이란 어떤 것일까? 도미니카 씨는 텃밭에서 키운 풋고추를 점심 반찬 하라고 나에게 따주면서 자꾸 억지를 부리며 말썽을 일으키는 친구가 안타까워 어쩔 줄을 모른다. 자식이 있어 힘이 나기도 하지만 그 자식으로부터 외면당한 채 살아가는 한센인들은 목소리를 쉽게 내지 않는다. 한센인들이 억지를 부릴 때는 외로워서 그런다고 도미니카 씨가 고구마 줄기를 꺾으며 안타까워한다. 사별 후에 얼마 지나지 않아 성심원 내에서 새로운 인연을 맺는 한센인들이 더러 있다. 내가 만난 어떤 사람들은 그런 한센인들을 이해할 수 없다고 하지만 자신이 경험하지 않은 일을 이해할 수 없다고 단정 짓는 것은 오만과 같다.

강제로 홀로 되어 살아온 그 신산한 시간들을 경험하지 않고 그리 쉽게 말할 수는 없다. 한센인들에게 가족이나 가정은 채워도 채워지지 않는 결핍이다. 정상적인 성장 과정을 거쳐 성인이 되고 자연스럽게 나의 가정을 이루어 부모로부터 독립하는 비한센인들이 한순간에 가족으로부터 강제 격리당한 채 부평초처럼 가는 곳도 모르고 간다는 말도 못하는 이별을 수없이 겪으며 지금 이 자리에 있는 한센인들의 마음을 알 수 있을까? 한센인으로 살아야 하는 삶의 특수성을 안다는 건 사람의 능력으로는 가능하지 않다.

> "환자가 또 남편 얻는다고 더럽다 카대. 제부가 무신 병자가 자꾸 결혼하냐고, 대놓고 더럽다 캤다고 동생이 그라대. 글구 둘 다 안 와. 소식도 없어."

또다시 홀로 지내야 된다는 사실은 불안감과 적막감을 몰고 온다. 성심원이라는 시설 안에서 도움을 받으며 살지만, 결국 삶은 혼자 살아내는 것이다. 혼자여서 두려웠던 삶을 다시 살고 싶지 않아 그들은 짝을 만든다. 이레네 씨는 열아홉 살에 시집을 가서 스무 살에 딸을 낳고, 스무한 살에 병이 들었음을 알았다. 딸을 뺏긴 채 쫓겨나도 살던 집 가까이를 떠나지 못했다. 퉁퉁 불어 있는 젖을 짜낼 때마다 딸의 울음소리가 귓가에 맴맴거렸다. 하

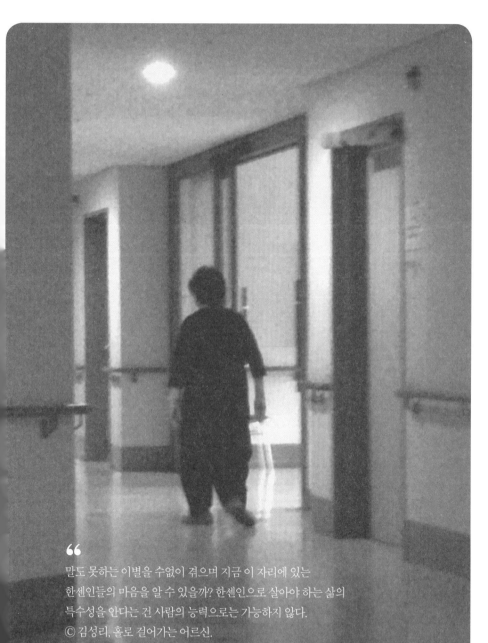

66

말도 못하는 이별을 수없이 겪으며 지금 이 자리에 있는
한센인들의 마음을 알 수 있을까? 한센인으로 살아야 하는 삶의
특수성을 안다는 건 사람의 능력으로는 가능하지 않다.
ⓒ 김성리, 홀로 걸어가는 어르신.

99

지만 자라는 딸의 미래를 위해 친정으로 가서 20년 동안 죽은 듯이 살았다. 장성한 딸이 물어물어 이레네 씨를 찾아오자 20년 동안 소식 한 줄 없던 전(前) 시아버지와 전남편이 "득달같이 와서 난리를 피우고" 갔다. 그 딸도 이제 예순 중반을 넘어 어디에선가 늙어가고 있을 것이라 믿는다.

친정으로 돌아오던 그때에는 어리기만 하던 동생이 결혼을 하게 되자 스스로 친정을 나와 엠마병원을 거쳐 40여 년 전에 성심원으로 왔다. 성심원에 온 지 6개월 정도 지났을 때에 남자 독신부에 있던 사람의 청혼을 받았다. 가정이 있는 한센인 외에는 성인이라 하더라도 혼배성사 전에는 남녀끼리 사적인 왕래를 할 수 없었다. 해뜰 때 일어나 마을을 가꾸고 집을 짓고 농사일을 하면서 잠시 마주치면 얼른 안부를 묻거나 눈만 마주치던 시절이었다. 그래도 남편은 용하게 눈을 피해 혼배 전에도 정혼녀라고 일도 도와주고 어디서 어떻게 구한 건지 식량을 보태주기도 했다.

결혼식을 하고 고단했지만 행복했던 시간은 석 달을 채우지 못했다. 그 석 달 동안에도 보통의 부부와는 달랐다. "단종인가 그거 당해가꼬 그때 잘못돼가꼬 그기 잘 안 됐어. 말 안 해도 그런 사람 제법 될 기야." 그래도 함께 있다는 것, 해지는 것을 바라보며 도란도란 이야기 나누며 밤을 맞이할 수 있는 내 사람이 곁에 있는 것만으로도 좋았다. 혼인한 지 석 달을 며칠 앞두고 재혼

한 남편이 쓰러졌다. "풍이라 카대. 딱 15년 병수발 들었제." 병수발을 들면서도 고단하다는 마음보다는 이렇게라도 살아 있어주기를 바랐지만, 다시 혼자가 되었다.

이레네 씨는 남편을 보내고 다시 독신부로 거처를 옮겼다. 그때만 해도 성심원에는 늘 공간이 부족했다. 작은형제회 수도자들과 수도원의 도움을 받아 한센인들은 정말 열심히 살았다. 아침 해와 함께 일을 하고 지는 해와 함께 집으로 돌아와 저녁 한 술 뜨는 나날이었지만, 밀려오는 한센인들을 수용하기에는 공간이 턱없이 부족했다. 따라서 혼자가 되면 가정이 있는 한센인을 위하여 집을 내어주어야 했다. 여성 독신부에서 생활하는 여성 한센인 중 그나마 건강한 사람들은 남자 독신부의 끼니 준비와 빨래까지 도맡아 했다.

종일 마을 공동체의 일을 하고 저녁이 되면 커다란 가마솥에 밥을 해서 남자 독신부 한센인들의 식사를 지원해 주고서야 여자 독신부로 가서 한 숟가락 뜨는 생활의 연속이었다. 독신부의 식당은 어두컴컴하고 곰팡이 냄새가 났다. 통통한 파리들이 쉴 새 없이 밥그릇을 공략했다. 돼지 축사와 닭을 키우는 양계장이 있어서 파리는 막을 방법이 없었다. "파리떼랑 그냥 같이 살아요. 지금 생각하면 너무 더러븐 환경이지만 그때 참 좋았어요. 지금처럼 이리 문 닫으모 딱 다른 세상인 것하고는 달라요." 라파엘라 씨는 독신부 생활이 열악했지만, 그래도 혼자보다는 나았다고 말한다.

독신부에 있던 이레네 씨에게 또다시 인연이 찾아왔다. "그, 배를 탔다 쿠더만. 외지에서 들어왔는데 자꾸 독신부로 오는 기라. 관리부도 있는데 자꾸 와." 성심원의 규모가 커지고 생활하는 사람들이 많아지면서 자연적으로 내부 질서 유지를 위한 관리부가 생겼다. 남녀 간의 왕래를 엄격하게 제한하고 있었기에 그 사람이 올 때마다 불안했지만 싫지는 않았다. 그 사람이 관리부서에 있던 할아버지 한 분을 중매자로 내세워 다시 가정을 이루었다. 그리 만나 23년을 함께 살았다.

어렵게 만나 가정을 이루자 남편은 이레네 씨가 스무 살에 낳은 딸을 찾아 나섰다. 무던히 애를 썼지만 딸을 만나지는 못했다. 이레네 씨는 딸을 삼혼하면서 잃었다. 병든 채로 삼혼하는 생모보다 건강한 계모가 더 낫다던 딸의 마지막 말을 잊지 않고 있다. 세 번째 결혼 이후, 제부는 발길을 끊었지만 오빠와 여동생은 어느 시기까지는 간혹 찾아왔다. 그렇게 살뜰하던 제부가 발길을 끊은 이유를 여동생으로부터 들었을 때 "안 부끄러버서. 저거는 갈 데 다 가고 나만 이 병 걸려서 혼자서 여게 있는데, 나는 괜찮아." 홀로 버티는 세월은 너무나 힘들었다. 온갖 욕을 들어도 곁을 지켜주는 남편이 있다는 게 든든했고, 이레네 씨는 그 길을 택했다.

오빠도 사망하고 여동생도 이제는 의절 상태이다. "나는 바뀐 저거 연락처도 몰라. 저거는 나 있는 데 알지. 영감님도 가고 친한 친구도 가고 더 살고 싶지 않아. 나 죽기 전에 연락이나 올라나. 기냥 기다려." 오다가다 인연을 맺은 이들이 간혹 살림살이에 보탬을 주었고, '죽어라 일한 덕에' 생활은 조금씩 나아졌다. 국가도 한센인들에게 관심을 가지고 도움을 주었다. 약간의 도움을 주던 친척들이 찾아왔다가 "우연히 1년에 두어 번 주는 부식 배급 받는 걸 보고 바깥의 중부자 정도 산다고" 조금씩 주던 도움도 끊고 발길도 끊었다.

먹고 사는 것보다 더 절실했던 것은 관심과 배려였다. 온전하지 못한 몸으로 돼지를 키우고 닭을 키워 생계를 유지하는 일은 상상을 초월할 정도의 노동과 고달픔을 동반했다. 더 힘들었던 것은 차가운 눈길과 자신들의 필요에 따라 손을 내밀고 필요성이 충족되면 돌아서는 세상의 냉정함을 견디는 것이었다. 어쩌다 배급받는 부식을 보고 "우리가 맨날천날 그리 받아서 묵는지 알고" 돌아선 그 냉정함을 이레네 씨는 가슴 깊이 새겨두고 있다. 나를 볼 때마다 "안 와도 돼. 기냥 이리저리 살다 가모 그만이라." 하면서도 만나면 반가워한다.

새벽부터 밤까지 아이들은 보육소에 맡기고 돈사에서 흘러나

66

종일 마을 공동체의 일을 하고 저녁이 되면 커다란 가마솥에 밥을
해서 남자 독신부 한센인들의 식사를 지원해 주고서야 여자
독신부로 가서 한 숟가락 뜨는 생활의 연속이었다.
ⓒ 산청성심원, 1960년대 밥 짓는 아낙들의 모습.

99

오는 분뇨로 질퍽거리는 길을 걸어가며 분뇨 냄새를 벗 삼아 파리떼와 함께한 그 대가로 공동체에 기금이 조금씩 모였고, 돈이 급한 산청 지역민들이 돈을 빌려가기도 했다. 하지만 성심원의 한센인들은 산청 사람들로부터 돈을 빌리지 못했다. "초등학교에 들어가기 전에 돈 빌리러 가는 아버지를 따라 성심원에 갔는데 어린 토끼 한 마리를 선물이라며 주더군요. 그게 너무 귀하고 소중해서 애지중지 키워 팔았던 기억이 납니다." 우연히 만난 지역민은 성심원에 대한 기억을 하얀 토끼 이야기로 풀어놓았다. 그 토끼가 자라서 새끼를 낳고 새끼를 팔아 학용품을 샀다고 했다.

"언제적인지는 정확하게 모르겠는데, 성심원에 놀러 간 적이 있지요. 우리 반 애가 성심원에 친구가 있다고 같이 가자 하는데 호기심에 따라갔거든요. 그때 그 귀한 계란을 가득 삶아서 주길래 맛있게 까먹었습니다. 암튼 거기는 가면 늘 계란을 줍디다. 아이고, 그때 계란은 귀해서 팔기 바빴지 그리 못 삶아 먹었어요. 또 집에서 그리 많은 계란이 있을 리가 없지요. 참 못 살 거라고 생각하고 갔는데 계란을 그리 주는 걸 보고 생각이 좀 바뀝디다."

성심원의 부모들이 보통의 가정보다 형편이 넉넉해서 계란을 삶아준 게 아니다. 한센인의 자녀들은 미감아로 분류되어 비한센인 부모들은 자신의 아이들이 함께 놀까 봐 꺼렸다. "91번지라고 적혀 있으모 침을 묻혀서 닦고 안 되모 연필로 까맣게 칠을 하고, 학교서 뭐 종이 쪼가리 갖고 오모 주소를 안 적을라캐." 성심원에서 아이를 낳고 학교에 보낸 어머니들은 어쩌다 성심원 주소가 적혀 있으면 쪼그리고 앉아 공책이며 책이며 가리지 않고 그 주소를 지우려던 아이의 작은 등을 기억한다. "진주에 있는 나병원에 가서 검사도 하고 약도 받았거든. 그 주변에 보육소가 있었어. 어쩌다 아버지하고 아들이 길을 두고 만나면 서로 외면했어. 아버지는 아들 때메 아들은 지가 병자 자식인 거 표날까 봐" 그런 시절이었다.

성심원에서 계란은 팔아서 곡식도 사고 연탄도 사야 하는 소중한 재원이지만, 아이의 친구에게 무엇이든지 주고 싶지만 줄 게 없어서, 혹시 다른 것을 주면 싫어할까 봐 껍질을 자기 손으로 까서 먹는 계란을 삶아준 것일 뿐이다. 모두가 어려웠지만 어느 집을 가도 내 아이 친구에게 밥 한 술 먹여 보내던 그런 시절이었다. 성심원으로 놀러 온 외부의 아이에게 물 한 바가지도 내밀기 조심스럽던 그때 줄 수 있었던 건 계란이 유일했다. 실제로 당시 성심원에 있던 한센인 그 누구도 계란을 삶아서 간식으로 먹지 못했다.

그나마 돈사가 있고 양계장이 있던 시절은 나았다. "오니까 오래된 기와집 한 채하고 낡은 초가집 서너 채 있더라. 이태리에서 왔다는 대머리 신부가 있고. 성질이 불 같애." 멀리 이태리에서 온 정 시몬 신부는 한센인들과 함께 기거하며 그 험하고 힘든 일을 마다하지 않았다. 정 시몬 신부 이후에도 성심원으로 와서 한센인들과 함께한 많은 수도자들이 있지만, 유독 정 시몬 신부를 자주 거론하는 데에는 이유가 있다. 정 시몬 신부가 가장 초창기에 와서 가장 어려운 시기를 함께 보내면서도 한국어를 전혀하지 못해 한센인들과의 갈등을 해결하지 못했기 때문이다. 한국어를 못했기 때문에 미사도 진주에서 신부님이 와서 드렸다. 정 신부에 대한 기억은 대체로 두 가지로 나뉜다.

"뭐하러 요까지 와서 그 고생을 사서 했을까 싶지. 신부모 잘 묵고 잘 살 수 있었을 낀데. 일 마이 했어. 맨날 집짓고 길 닦고. 아이구마. 성질은 펄펄 끓어. 그래도 찾아오는 환자들 길바닥에 안 재울라 꼬 공사 마이 했어."

"얼매나 일을 시키는지, 요 와서 병이 더 심해졌어. 우리는 몸이 다른 사람하고 다른데 그런 거 안 봐줬어. 멀쩡하던 손도 요 와서 꼬부라지고, 한국말을 못하니께 통역해주는 사람이 있어도 통해야 말이지. 일 안하모 배급 안 줘. 맘에 안 들모 손으로 경호강을 가리키며 '쌔크리판티(sacripanti, 불한당이나 악당을 뜻하는 이탈리아 말)' 하면서 휙 저었어. 나가라는 거지. 딱 하는 말은 그 말뿐이야. 그래도 마이 아픈 환자는 눕하 놓고 죽도 떠 멕이고 주물러주고 안아주고 그라대. 암튼 움직일 수 있으모 일 시키는겨."

"할 줄 아는 말은 '쌔크리판티', 요것 딱 하나야. 우리가 하는 기 맘에 들면 누그러진 목소리로 하고, 맘에 안 들면 큰 소리로, 표정이 싹 변하면서 '쌔크리판티' 하거든. 뭐 뜻은 몰라도 우리 욕하는갑다 그리 생각했지요."

"허허허, 그때 그랬어요. 감독은 정 신부님, 배우는 성심원 환자들, 촬영은 공소회장, 그리 영화 같은 사진 찍어서 그 사진을 들고 정 신부님이 이태리도 가고, 여기저기 보내서 후원 받았지. 부끄럽지. 사진 찍을 때 고개 돌리는 이도 있고, 정신부님이 막 소리 질러. 그래도 찍으러 안 오고 멀찍이 서 있는 사람도 있었지."

정 시몬 신부는 한센인들의 생활상을 담은 사진을 들고 직접

이태리로 가서 후원금을 모아 오기도 하고, 그 사진을 외국에 있는 지인들과 가톨릭 단체로 보내 후원을 이끌어냈다. 후원금으로 시멘트와 모래 등을 사와서 집을 짓고 길을 닦고 식량과 생필품을 조달했다. 최소한 가정이 있는 사람은 따로 공간을 주고 싶어 했고, 어린 아이들을 위한 보육소를 지었다. 수십 명의 한센인들이 기와집 한 채와 초가집 서너 채에서 아이들과 섞여 살던 주거 환경은 나날이 좋아졌다. 전문가인 대목이나 소목은 밖에서 들어왔지만, 시멘트를 섞어 블로크를 만드는 일은 한센인들의 몫이었다.

후원금은 늘 부족했다. 빈 터에 농사를 짓고 채소를 가꾸어도 일할 수 있는 사람에 비해 먹어야 하는 사람들이 더 많았기 때문에 넉넉한 적이 없었다. 정 시몬 신부는 경제 사정이 좋지 못한 국내보다 주로 외국의 후원자들로부터 후원금을 받았으며, 때로는 감사 인사를 위해서도 사진을 찍었다. 그러나 가뜩이나 질병 때문에 변모하는 외모로 인한 상처를 안고 성심원에서 살아가는 한센인들은 목적과 상관없이 자신들의 모습을 사진 찍어 후원금을 받는다는 사실 자체가 싫었다. 구걸하는 것도 부끄럽고 힘들었지만, 감추고 싶은 모습을 사진으로 드러내고 구호품을 얻어와야 한다는 현실도 견디기 힘들었다.

병이 깊어서 거동을 할 수 없는 사람을 빼고 모든 사람은 일을 했다. 나무 그늘 없는 성성원은 여름에는 땡볕이었고, 겨울에는 경호강과 지리산에서 불어오는 바람이 매서웠다. 정 시몬 신부는 거의 1년 내내 수건을 머리에 두른 채 작업을 진두지휘했다. 그 수건으로 여름에는 햇빛을 가리고 땀을 닦고 겨울에는 모자 대신 바람을 막았다. 조금 더 건강한 환자들은 틈틈이 중한 환자들을 돌보고 일을 하고 가축을 키웠다. 시간이 지나면서 희망이 생기기 시작했다.

> "열심히 하모 좋아질 거라는 희망이 생기대요. 또 조금씩 나아지기도 하고, 그래도 지금에 비하면 그때는 사람 사는 기 아니라예."

과거 시간 속의 성심원은 라파엘라 씨의 기억 속에서 컬러 사진처럼 선명하게 되살아났다. 독신사의 사람들은 하나의 방에 4~5명씩 생활했지만, 방의 크기가 워낙 작아 기거하는 사람마다 자신의 몸에 딱 맞는 요와 조금 큰 이불을 만들어 사용했다. 이불은 옆에서 자는 사람에게 방해가 되지 않도록 발 쪽은 고무줄로 묶고 어깨 쪽은 양쪽 끝을 요 밑으로 넣어 마치 미이라처럼 꼼짝 안 하고 나란히 누워 잠을 잤다. 뒤척인다든가 옆으로 돌아눕는 것은 불가능했다. 옆 사람과의 사이에는 작은 틈도 없었기 때문이다.

한 달마다 각 가정에 밀가루 한 포대, 옥수수 가루 한 포대, 안

량미 반 되, 납작 보리 반 되를 나누어 주었다. 집집마다 밀가루로 풀죽을 쑤어 먹거나 옥수수 죽을 만들어 먹었다. 장기 보관이 안 되니 아껴 놓아도 소용없었기에 벌레가 생기기 전에 얼른 먹어야 했다. 하지만 쌀밥도 아닌 밀가루 풀죽과 옥수수 죽을 매일 먹는 건 힘든 일이었다. 그래서 생각해 낸 게 국수였다. "지금 저기 요양사 있는 자리에 국수 틀을 갖다 놓고 국수 공장을 차렸지. 국수를 만들어 놓으면 밀가루 풀죽보다 오래 가고 맛도 있으니까 좋대요." 국수를 뽑아 건조대에 걸쳐 놓으면 햇살 아래 맑은 바람으로 커튼처럼 흔들리던 풍경이 있었다.

성심원은 조금씩 마을의 형태를 갖추어 나갔다. 대충 어울려 살다가 처음으로 자신들만의 공간을 가진 가정은 감격스러웠다. 비록 부엌과 마루를 공동으로 사용하며 작은 방이 두 개 마주 보고 있는 구조의 블록 양철지붕집이지만 내 가족만 잘 수 있는 공간은 참 소중했다. 가정사는 다닥다닥 붙어 있었기 때문에 댓돌만 보고도 누가 있는지 없는지 알았다. 댓돌에 놓인 신발을 보고 누가 찾아왔는지까지 알 수 있었다. "유 신부님도 지나다 들어와서 같이 밥 먹고 놀다 갔어요. 반찬이 뭐 있었겠어요. 그냥 펄펄 날리는 보리밥에 시퍼런 김치나 간장 놓고 먹는 거지요. 아침에 눈꼽도 안 떼고 나와도 방문만 열면 이웃이니까 참 재미있었어요." 어느 집에서 마늘을 까면 같이 까고, 나물을 다듬으면 같이 다듬던 시절이었다. 그러면서 자연스럽게 서로의 안부를 묻고 건강을 염려해 줬다.

산에서 캐온 나물을 같이 다듬다 많으면 데쳐서 안주 삼아 술 한 잔 나누며 지내다 보니 옆방에서 누가 아픈지 뭔 일이 있는지 알고 싶지 않아도 알게 되던 시절이었다. 그 당시의 성심원에도 경제 사정은 집집마다 달랐다. 마을이 규모를 갖추어 가면서 건강하고 셈법이 가능하고 한글을 아는 사람들은 행정 업무를 돕고 월급을 받을 수 있었다. 글을 몰라도 건강한 사람들은 재봉실에서 환자들의 의류를 수선하거나 교환 일을 하면서 생활에 보탬이 되었지만, 연약하고 병의 정도가 심한 사람들은 배급품과 구호품에 의존할 수밖에 없었다. 어쩌다 상대적으로 부유한 이웃에서 밥 한 끼 먹는 날은 운이 좋은 날이었다. 생활이 조금 나은 사람들도 혼자만 잘 먹고 잘 살려고 하지 않았다. 십시일반 어려운 이웃을 돌보았다.

자연도 큰 도움을 주었다. 뒷마당 같은 지리산에는 산나물이 지천이었고, 겨울에는 땔감이 널려 있었다. 지금과 달리 너무나 맑았던 경호강에는 은어, 피리, 메기 등이 눈에 보일 정도로 바글바글했다. 소쿠리만 갖다 놓아도 그물만 던져도 물고기들이 퍼덕거렸다. 다슬기는 새카맣게 돌마다 붙어 있어서 빨래하러 갔다가도 한 대야씩 주워와 국을 끓였다. 김장도 강에서, 빨래도 나물 씻

❝

"김장할 때 배추랑 무시랑 밭에서 뽑아 전부 리어카에 실어와서는
강가에서 절이고 강물에 씻어서 리어카로 실어 날랐지요. 구경도
그런 구경도 없었어요. 가난하고 서러워도 행복하다는 게 그런
거지요."
ⓒ 산청성심원, 1970년대 김장하는 모습.

❞

는 것도 강에서 했다. "김장할 때 배추랑 무시랑 밭에서 뽑아 전부 리어카에 실어와서는 강가에서 절이고 강물에 씻어서 리어카로 실어 날랐지요. 구경도 그런 구경도 없었어요. 가난하고 서러워도 행복하다는 게 그런 거지요." 성심원 마을 안에 공동 수도가 띄엄띄엄 몇 개 설치되어 있었지만 수압이 약해서 겨울에는 얼어붙었기 때문에 손이 시리고 추워도 경호강에서 모든 것을 해결했다.

"그때는 강에 가서 빨래 못했지. 강에 물이 철철 흘러가도 밑에 사람들이 우리가 쓰는 물이 흘러온다고 싫다 해서. 겨우 여다 묵었지. 저기 그 마을 안에 새미가 있었거든. 옳은 새미는 아이고, 그 새미물을 퍼서 빨래도 치대고 했네. 강물도 그 여다 묵는 거는 말 안하는데 씻는 거는 못하게 했어."

작은형제회 수도자들이 성심원으로 오기 전에는 해가 있는 동안 집에 머물지 못했다. 주 신부의 주선으로 비어 있는 경호강변 기와집을 구해 들어왔지만 마을 사람들의 반대와 순경들이 찾아와 기웃거리는 일이 잦아지면서 처음 강을 건너 온 40여 명의 한센인들은 생명의 위협을 느끼고 몸을 숨겨야 했다. 동이 트기도 전에 일어나서 경호강에 겨우 얼굴을 씻고 건강한 사람들이 전날 동냥해온 것으로 아침을 먹었다. 하루 종일 아무것도 먹을 수 없었기에 먹을 수 있는 만큼 먹고 지리산으로 몸을 숨겼다. 산 속에 몸을 숨긴 지 한참 지나 해가 떠오르면 저 멀리 동냥을 떠나는 이들이 보이지 않을 때까지 눈을 떼지 못했다.

산 속에서도 마음대로 다니지 못했다. 행여나 약초나 산나물을 뜯으러 오는 마을 사람들 눈에 띄면 안 되기 때문이다. 배고픔을 견디지 못하고 나물이겠거니 하고 먹은 풀로 인해 구토를 하거나 설사를 하는 이들이 생겨났다. 그런 경험으로 훗날 산나물과 독초를 구별하는 혜안을 가질 수 있었으니 참으로 기막힌 시간들이었다. 배고픔보다 더 견디기 힘든 것은 빈 젖을 물고 울다가 지쳐 잠드는 아이들과 보챌 힘도 없어 엄마 치마폭에 죽은 듯이 엎어져 있는 아이들을 지켜보아야만 하는 무력감이었다. 동냥을 갔던 이들도 해가 져야 강을 건너오고, 산에 숨어 있던 이들도 해가 져서 캄캄해지면 내려와 서로의 안부를 확인하고 대충 먹고 아이들의 엉덩이를 씻기고 잠을 청했다.

경호강변으로 이주한 지 1년 정도 지나고 마을로 들어온 작은 형제회 수도자들이 울타리가 되어주었지만, 아무런 문제 없이 그리 살지는 못했다. "마을 사람들의 반대와 천대는 말로 다 못해요." 처음보다는 나아졌지만 산청 지역민들의 반대가 완전히 사라진 건 아니었다. 그럼에도 마을은 더 커지고 성심원 안에서 수술과 분만을 하고 입원실도 생겼다. 공중목욕탕도 생겨 삶의 질은 나아졌다. 그때나 지금이나 수녀님들이 늘 상주하며 돌보았고, 건강한 한센인들이 입원한 한센인들을 간병했다. 수술할 환자나 분만할 산모가 있으면 연락을 받고 읍내에서 의사가 왔다. "읍내 손경갑 의사와 수의사였던 알폰소 씨가 참 애를 많이 썼어요. 우리는 전염되는 사람들이 아니라고, 읍에 가서 만나는 사람들마다 우리 도와주자고." 라파엘라 씨는 그 두 의사의 노력으로 한센인들에 대한 인식이 많이 완화되었는데 그 고마움을 갚지 못해 미안하다.

──가난해도 재밌고 좋았다

1980년 주 알베르또 신부가 성심원 수도원에서 선종했다. 한센인들은 마음 한 구석이 무너지는 상심을 안고 대전으로 장례미사를 떠나기 전 하루 동안 대성당에 모셔놓고 돌아가며 기도했다. "우리는 죽으모 염도 하고 못 보는데, 주 신부님은 염도 안하고 관 속에 사제복을 입고 누워 있는 모습을 보고 많이 놀랐지요." 라파엘라 씨는 40여 년 전에 선종한 주 신부의 마지막 모습을 아직도 기억한다. 주 신부는 구생원에서 나와 갈 곳 없던 한센인들을 이곳 성심원으로 이끌었다. 주 신부와 함께 경호강을 건너 성심원으로 온 1세대의 마지막 생존자인 바르바나 씨와 생전의 요한 씨는 당시를 생생히 기억하고 있었다.

"구생원에서 천주교를 믿는다고 4명이서 1명을 팼어. 안 죽은 기 용하지. 근데 그 팬 놈 중의 한 놈의 할아버지가 지서 서장의 친구라고 합의하라고 해서 합의했지. 그놈이 형무소에서 나왔는데 구생원에서 안 나가고 계속 있는 기라. 그때 배 신부라고 외국인 신부가 한 의사랑 같이 진료를 오고 했거든. 폭력에 진저리가 나고 그 신부님 말도 좋고 그래서 영세를 좀 받았어. 암튼 장로교하고 천주교하고 한 3년을 싸우다가 우리가 나왔지. 주 신부님이 처음에는 밀양이나 구포로 가라고 했는데, 거게서 안 받아준다 하고, 환자 중의 한 명인 오두창의 자형이 머슴으로 살던 집이 비어 있다고 해서 그래 왔어. 한 40명이 주신부가 구해준 뗏목 비슷한 걸 타고 왔어."

"쪼매 있다가 주 신부가 고무보트를 갖다 주대요. 요새 저 경호강에 아(이)들이 타고 내리오는 그런 고무뱁니더. 물컹물컹하요. 사람부터 먼저 탔심더. 짐은 나중에 사람 다 실어놓고 쪼매씩 싣고 오고, 지고 강을 건너오기도 하고 그랬심더. 그때 여자들이 특히 마이 울었심더. 오는 내내 울고 배에서 내리서는 더 울었심더. 밤에는 별 보고 울었심더."

1958년 당시에 요한 씨의 아내는 임신 중이었다. 첫 이주는 뗏목 같은 배를 타고 시작했다. 몸이 많이 불편한 사람들과 여자들은 뗏목을 타고 경호강을 건너고, 건강하거나 병표가 많이 나지 않는 남자들은 세간살이를 지고 강의 얕은 곳으로 건너왔다. 안채인 기와집에는 부엌과 방이 2개 있었다. 밑에는 사랑채와 창고가 있었다. 여자들과 아이들, 그리고 몸이 많이 아픈 사람들은 방에 나뉘어 자고, 건강한 남자들은 마루와 창고에서 잤다. 그때 바르바나 씨가 가져온 세간살이는 궤짝 한 개, 단지 몇 개, 보따리 2개였다. 그나마도 없는 사람들이 태반이었다. 남자들은 동냥을 나갔다. 남자들이 없는 사이에 마을 사람들이 언제 몰려올지 몰라 건강한 사람 중 해병대 출신인 하요한 씨가 남아 파수를 봤다.

"개장다리로 경찰이 오모 밥하다가도 창고에 짐을 넣고 산으로 도망갔어." 어떻게 알았는지 동이 트기도 전에 경찰이 온 적이 있다. 지역민들은 경호강 너머에 자리 잡은 한센인들을 쫓아내기 위해 원지와 단성 등지를 다니며 탄원서에 손도장을 받았다. 망을 보고 수없이 도망다니며 숨는 데에는 이골이 났지만, 작심하고 온 경찰들에게 잡힌 적도 있다. 그들은 붙잡힌 한센인들을 트럭에 싣고 진주로 가다가 갑자기 길가에 내려놓고 가버리기도 했다. 그러면 숨어 있다가 어두워지면 걸어서 강의 수심이 얕은 쪽으로 건너왔다. 이런 일이 반복되면서 한센인들은 책임자를 선출하여 지역과 타협을 시도했다.

주 신부는 수시로 와서 돌아보고 온몸으로 안타까움을 표현했지만, 뾰족한 해결 방법이 없었다. 그래도 다행인 것은 모두 형제처럼 지내면서 폭력이 없는 것이었다. 주 신부와 여러 사람의 도움으로 기와집을 담보로 빚을 내어 기와집 주변 땅을 사면서 더 이상 쫓겨 다니지 않게 되었지만, 경호강물마저 마음 놓고 사용할 수 없는 건 여전했다. "정부에서 두 달 만에 한 번씩 집집마다 강냉이 한 포대, 밀가리 한 포대를 주대. 그것도 팔았어." 팔 수 있는 것은 모두 팔아서 빚 갚을 돈을 마련했다. 주로 건강한 남자들이 나가서 동냥해오는 것으로 연명하며 초가집을 짓기 시작했다. 이주 후 첫 겨울은 애가 없는 사람들은 여자라도 마루에서 웅크리고 잤다. 또다시 겨울은 오는데 아무리 건강하다 해도 병든 몸이었고, 마냥 밖에서 잘 수는 없었다.

"나래비로 서서 흙을 뭉치 갖고 던지고 받고 했심더. 나무야 산에 널렸고 온 천지가 흙인게 흙을 뭉쳐서 던지모 척척 붙는데, 그걸 펴서 바르모 벽이 됩디더. 아매 서너 채 지었지 싶습니더. 나무, 돌, 흙 이런 것으로 집을 지었는데 그래도 여름에는 시원하고 겨울에는 따신 기 좋았심더."

66
세월이 지나면서 성심원의 한센인들은 주거 환경에 또다시 큰
변화를 맞이한다. 자녀가 있는 가정에 두 개의 방이 있는 집이 생긴
것이다. 기와집과 초가집에서 공동으로 살다가 방 한 칸의
양철집으로, 그리고 방 2개의 주택으로 변화한 것이다.
ⓒ 산청성심원, 1970년대 공사장의 모습.
99

그래도 도와주는 사람들이 있었다. 진주 시내에서 옥수수 죽을 끓여 가난한 사람들과 거지에게 배급하는 날이 다가오면 동냥 나간 한센인에게 미리 알려주기도 했다. 그날에는 성심원에 있는 사람들이 모두 진주 시내로 나갔다. 옥수수 죽이라도 배불리 먹고 얻어올 수 있었다. 주 신부와 옥봉 성당, 마산 교구의 도움과 아끼고 아껴서 모은 돈으로 기와집 부근에 있던 "논 9마지기, 저 우에 있던 개장다리 옆에 밭떼기, 모래밭, 칠바위 논 6마지기"를 더 샀다. 열심히 농사를 짓고 땅을 개간했다. 공동경작이어도 기와집과 땅을 사면서 빌린 빚을 갚기 위해 게으름 피우거나 잔꾀 부리는 사람 없이 몇 년 동안 일만 하며 살았다.

이 지점에서 바르바나 씨와 요한 씨의 기억은 또 엇갈린다. 요한 씨는 당시 쌀 한 되에 40원 했던 것으로 기억한다. 당시 시설 인가를 받으면 보조금을 받을 수 있다는 사실을 알고 주 신부와 마산교구가 돈을 빌려 토지 15정보를 사고, 자립 마을로 인가 받기 위해 애를 썼다. 얼마 후 마을 전체에 70만 원이라는 보조금이 나와 기와집과 토지 매입 시에 빌린 돈을 모두 갚을 수 있었다. 화폐개혁 직전이라고 했다. 당시 70만 원은 요한 씨의 기억대로라면 쌀 3,500가마에 해당한다. 거금이었다. 지금에 비하면 터무니없지만 생활환경이 나아지면서 소문을 듣고 수곡, 대구, 부산 등지에서 한센인들이 오기 시작했다.

당시에는 많은 나무 중에서도 열매와 땔감을 주는 잣나무와 밤나무가 한센인들에게 사랑을 받았다. 정 시몬 신부가 떠나가고 세월이 지나면서 성심원의 한센인들은 주거 환경에 또다시 큰 변화를 맞이한다. 자녀가 있는 가정에 두 개의 방이 있는 집이 생긴 것이다. 기와집과 초가집에서 공동으로 살다가 방 한 칸의 양철집으로, 그리고 방 2개의 주택으로 변화한 것이다. 지금은 직원 가족사로 사용하고 있는 방 2칸에 부엌과 작은 마루가 있는 집으로 이사한 날, 라파엘라 씨는 잠을 이루지 못했다. 너무 좋아서, 꿈만 같아서 잠을 자지 못하고 밤을 새웠다.

한겨울에도 아이가 없는 사람들은 마루에서 자야 했던 처음에 비하면 장족의 발전을 했다. 동지섣달 내내 마루에서 칼바람을 맞고 비가 오면 비를 맞으며 자던 시대는 저물고 있었다. 이 변화의 시기를 요한 씨는 "성심원 평화 시대가 왔다"라고 표현했다. 방 한쪽에는 보따리 대신 '단스'가 놓이는 집이 생겨났다. 여름날 비가 많이 오면 불어나는 강물을 피해 산으로 올라가기도 하고 때로는 진주에 가서 임시로 지내다 오기도 했던 기억은 이제 이야기가 되고 있었다. 시절 따라 성심원은 그렇게 조금씩 변해 갔다.

"어떤 이는 냄새난다고 피해 다니지만, 돼지는 우리 가족의 생명줄이었습니다. 똥을 치워도 더러운지 몰랐고, 꿀꿀거리며 구정물을 쫓아다니는 궁둥이도 참 예뻐 보입디다. 저놈을 잘 키우면 남부럽지 않게 애들 공부도 시킬 수 있다는 희망이 있었습니다. 하루 종일 그 놈들 뒤치다꺼리해도 고된 줄 몰랐어요. 돼지 파동이 왔을 때는 죽고 싶다는 맘뿐이었지요. 지금도 그때를 생각하면 어찌 살아왔을까 싶어요. 살아보니 다 지나가는 것을……."

　　돈사와 양계장은 점점 확대되었다. 어린아이를 업고 일을 하거나 풀을 베고 때로는 산에 가서 나무도 해왔다. 잡목 나무가 많아서 땔감은 걱정 없었다. 돌을 지내고 젖을 떼면 아이들은 보육소에서 키웠다. 성심원에 들어오고 싶어하는 사람은 늘어나는데 집은 계속 부족했다. 온 마을은 파리떼가 극성을 부렸고, 냄새도 지독했지만 늘 곁에는 수도자들과 수녀들, 그리고 가족 같은 한센인이 있어 "사는 게 재밌고 좋았다."

　　좋았다는 말끝에도 바르바나 씨는 지난 세월에 대한 원망의 말을 내려놓지 않았다. "여게가 너무 추워서 병이 더 깊어졌어. 진주는 이리 안 추워. 겨울에는 강이 꽁꽁 얼어서 도리깨로 얼음을 깨서 물을 여다 묵었다고." 그 정도로 추웠다. 강이 얼어서 걸어서 강을 건너기도 했다. 어쩐 일인지 콩 농사와 깨 농사가 잘되었다. 손발이 아리고 뻣뻣해서 잠을 이룰 수 없는 날에는 콩자루를 구들막에 놓았다가 뜨끈해지면 콩자루 안에 손발을 넣고는 했다. 그렇게 찜질을 하고 나면 잠을 잘 수 있었다.

바르바나 씨는 열일곱 살에 발병했다. "고삼도 달여 먹고 솔 캥이도 달여 묵었다. 좋다카는 거는 다 묵었다." 고삼과 소나무 가지 삶은 것은 너무 써서 엄마 앞에서 약 그릇을 받아들고 돌아 앉아 걸레에 부어버렸다. 성심원에 와서 고삼을 먹고 좋아졌다는 사람을 만난 이후 그 일을 평생 후회하며 살았다. 송아지 한 마리 를 진주 장에 내다 팔아서 그 돈으로 지어온 한약 한 제 달인 것 도 제대로 먹지 않았다. 병표가 많이 나지 않아서 그때 그 약들을 먹었더라면 자신의 삶이 달라졌을 거라고 확신한다.

— 세상과 성심원을 잇는 다리가 세워졌다

성심원에서 주택 공사는 시간이 흘러도 계속 이어졌다. 병원 에도 환자들이 늘어났고, 가정사가 필요한 한센인들도 늘어났다. 2006년도에 1동으로 15가구의 입주가 시작되었다. 지금과 같은 형태의 집이 만들어져 갔다. 당시를 기억하는 한센인들은 원장 박 프란치스꼬 수사를 애연가로 표현했다. 박 수사가 폐암으로 선종했다는 이야기와 함께 성심원에 와서 고생만 했던 수도자들에 대한 안쓰러움과 고마움을 잊지 않았다.

주택이 비바람을 막아주고 가족의 시간을 지켜주었다면, 경호강을 가로지르는 성심교는 성심원과 세상을 연결해 주는 유일한 길이다. 지금의 다리는 성심원 60년 동안 세워진 세 번째 다리이다. 성심원과 세상을 연결하는 첫 가교는 주 신부가 구해준 고무보트였다. "물컹물컹했어. 몇 명 타지도 못하고." 고무보트는 비가 조금만 많이 와도 위험해서 탈 수 없었다. 엘리사벳 씨는 주로 걸어서 경호강을 건넌 기억이 많다. "저기 웃마을, 거기 산길 있는 데로 좀 가모 물이 낮아서 배 없이도 건너가. 고무배가 있었다 카는데 내가 와서는 못 봤지."

외부에서 가져오는 물자들을 실어 나르려면 성심원의 트럭이 다닐 수 있어야 했다. 물길이 낮은 곳에 돌들을 깔고 그 위에 가마니를 덮으면 임시 가교가 되었다. 그 위를 시멘트와 배급품을 싣고 큰 트럭이 천천히 바퀴를 굴렀다. 트럭이 한 번 왔다 가면 다시 돌을 주워서 길을 만들고 가마니가 없으면 급한 대로 흙을 돌 위에 부었다. 때로는 그 길을 따라 리어카가 다녀가기도 했다.

"좀 있으께 나무배가 들어오대." 경호강 양쪽으로 줄을 연결해서 배에 탄 사람이 그 줄을 잡고 강을 건넜다. 사공이 있어도 많이 타야 하니까 사람들이 모두 배에 선 채로 강을 건너니 넘어지지 않기 위해서라도 줄을 따로 잡아야 했다. 튼튼한 소나무로 배를 만들었다고 했지만, 강변에 배를 댈 때 부딪치기라도 하면 부서질까 봐 늘 조심했다. 나무배가 들어오기 전의 고무보트에는 최소 인원의 사람만 탈 수 있었지만, 나무배는 사람뿐만 아니라 필요한 물건들도 실어 나를 수 있었다.

"사공이 있었어. 강 건너편에는 수위도 있었고. 서서 배를 타야 많이 타." 성심원의 공사는 끝없이 진행되었고, 그 공사를 따라 많은 사람들이 외부에서 왔다가 갔다. 집들이 늘어나고 한센인들이 많아지면서 자연스럽게 물자 왕래도 잦아지고 성심원 쪽에도 강지기가 강을 지켰다. "강 건너편에서 막 소리질러. 사람 있다고." 그 소리를 듣고 성심원에서 배를 띄워 새 입소자를 태워 왔다. "안 울고 오는 사람이 없더이다. 배에 타고 오는 내내 울어요." 요한 씨는 당시의 일을 회상하며 창밖 하늘을 한참 동안 바라봤다.

"저쪽에서 바라보니 저게가 내가 갈 곳인가 싶은데, 강이 얼마나 깊은지, 저게 풍덩 들어가면 그만 끝날 세상인데 싶고, 사람들이 왔다갔다하는 게 보이는데 내 신세가 서러워서 다리에 맥이 풀리네." 율리아나 씨는 그 길로 주저앉아 해가 서산으로 갈 때까지 맥을 놓고 있었다. "아지매, 인자 안 가면 오늘 못 가요. 여기 길에서 잘 거요?" 수위의 말에 정신을 차리고 가겠다는 의사를 밝히자 배를 불러주었다. 율리아나 씨는 대성통곡을 하며 해

❝

경호강을 가로지르는 성심교는 성심원과 세상을 연결해 주는
유일한 길이다. 지금의 다리는 성심원 60년 동안 세워진 세 번째
다리이다. 성심원과 세상을 연결하는 첫 가교는 주 신부가 구해준
고무보트였다.
ⓒ 산청성심원, 1960년대 경호강 급류를 건너는 나룻배.

❞

가 저무는 강을 건넜다. 사공은 강을 건너오는 내내 아무 말 없이 묵묵히 통곡소리를 들어주었다.

강 건너에는 벨라도 씨가 거주하면서 성심원으로 들어오는 물자를 넣어놓는 창고를 관리했다. 진주에서 연탄을 사서 트럭에 싣고 오면 강 건너 창고에 보관했다. 한 달에 1명당 15장씩 주어졌다. 부부면 30장이었다. "하나 사나 둘이 사나 방 하나에 아궁이 하난데, 둘이 산다고 더 주는 기라. 서러버. 그라께 누가 같이 살자 하모 그리 살게 된다." 홀로 사는 서러움은 곳곳에 있다 못해 연탄에까지 스며들어 있었다. 모두 배를 타고 나가 자기 몫의 연탄을 가져와야 하는 건 같았다.

남편이 있는 가정은 지게를 가져가서 지고 왔지만, 남편의 몸이 많이 불편하거나 혼자 사는 여성은 다라이나 빨래판에 올려서 머리에 이고 왔다. 배가 좌우로 움직일 때마다 다리에 힘을 주고 버텨야 했다. 그러다 약한 사람들은 연탄을 강에 빠뜨리기도 하고 겨우 강을 건너도 내리면서 쏟기도 했다. 배 안은 늘 연탄 가루가 뒹굴고 있었다. 형편이 어려운 집에서는 그 연탄마저 팔고 나무를 주워와 난방도 하고 밥도 지었다. "더는 안 되겠다 싶은지 고마 연탄 공장을 지어뿌대."

현재 요양사 자리에 연탄 공장이 세워졌다. 더 이상 강물에 연탄을 빠뜨리고 울지 않아도 되었고 건강한 사람들에게는 일자리가 생겼다. 전화가 보급되면서 성심원 안에 교환실이 만들어지고, 손이 많이 불편한 사람들과 혼자 사는 남성 한센인들을 위하여 옷수선실도 만들어졌다. 재봉틀 두 대를 놓고 헤진 곳은 기워주고 단추도 달았다. 강 건너 창고지기, 뱃사공, 중환자들을 돌보는 간병인, 연탄 공장, 국수 공장 등 성심원 안에 많은 일자리가 생겼고, 일할 수 있는 한센인들의 생활은 조금씩 나아졌다.

성심원의 병원도 점점 규모가 확대되어 갔다. 강 건너 2층 건물의 1층은 벨라도 씨가 거주하는 곳과 창고로 사용하고 2층은 병원으로 사용했다. 성심원의 약이 좋다는 소문이 퍼져나가며 부산, 울산, 대구 등에서 피부과 환자들이 줄 지어 찾아왔고, 한센인들은 병원에 왔다가 그 길로 성심원에 입소하기도 했다. 성심원 병원에 근무하는 의사가 오전에는 성심원, 오후에는 강 건너 건물의 2층 병원에서 외지의 환자들을 진료했다. 트럭도 샀다. 그 트럭은 부지런하게 강물이 얕은 곳으로 물자를 실어날았다. 강 건너에 창고지기가 있었다면 지리산 자락에는 산지기의 집이 들어섰다. 김 씨와 이 씨 등의 가정사 세 채와 독신사가 몇 채 있어 주야로 산을 지켰다. 이제 그 산지기가 살던 집은 한 채만 남아 그 옛날 융성했던 성심원의 기억을 말해 준다.

아이들도 자랐다. 1963년도에는 당시의 문교부로부터 초등학교 인가를 받아 교실 5칸에서 먼저 수업을 시작했다. 그해 겨울 문교부로부터 정식 학교 인가를 받아 1964년부터 아이들이 입학했다. 더 이상 강을 건너 학교에 다니지 않아도 되었고, 성심원에 사는 게 알려질까 봐 남몰래 주소를 지우지 않아도 되었다. 한센인들은 아이들만은 배우게 해서 사회로 나가 당당하게 살아가기를 바라는 마음에 돼지똥을 치우고 닭똥을 치우는 일도 힘들게 느껴지지 않았다. 그러나 성심원 안에서 운영되는 학교는 여러 가지 한계가 있었다. 아이들이 사회와 교류할 수 없는 것이 가장 큰 문제였다. 1967년 가을부터 대전에 있는 구 수도원으로 임시 거처를 정하고 아이들을 대전으로 이송하기 시작했다.

성심원은 한센인들만을 위한 한센인들에 의한 한센인들의 사회로 변모해 갔다. 수도자와 한센인들만 있는 사회, 그곳에는 좀 더 건강한 한센인이 병이 깊은 한센인들에게 "지금은 직원들이 하는 일, 손이 없는 사람들의 코도 닦아주고 눈꼽도 떼주고 밥도 먹이주는" 공동체가 만들어지고 있었다. 그리고 1963년도에 전기가 들어왔다. "그때 산청 웬만한 데는 전기가 없었어요. 성심원에 전기가 들어가서 밤에 거기가 반짝반짝해요. 어쩌면 저리 잘

66

성심원은 한센인들만을 위한 한센인들에 의한 한센인들의 사회로
변모해 갔다. 수도자와 한센인들만 있는 사회, 그곳에는 좀더
건강한 한센인이 병이 깊은 한센인들에게 "지금은 직원들이 하는
일, 손이 없는 사람들의 코도 닦아주고 눈곱도 떼주고 밥도
먹이주는" 공동체가 만들어지고 있었다.
ⓒ 산청성심원. 1960년대 성심원 전경.

99

사는가 싶고, 어린 마음에 참 부러웠습니다." 우연히 성심원으로 오는 버스 안에서 말을 나누게 된 할아버지 한 분은 "성심원에 부자가 많았다."고 했다.

성심원 안에도 빈익빈부익부 현상이 나타났다. 찾아오는 친척이나 형제가 있는 한센인들은 그들의 도움을 받아 치료를 좀더 잘 받을 수 있어 건강 회복이 빨랐다. 건강이 회복되면 성심원 안에서 월급을 받고 일을 할 수 있었고 생활은 나아졌다. 반면에 홀로 들어와서 외부의 도움을 못 받는 사람들은 오직 배급에만 의존해서 살아야 했다. "밥 먹는 사람이 있고 밀가리에 시레기 넣어 끓이 묵는 사람도 있고 강냉이 가리만 갖고 버티는 사람도 있고 그랬어." 수도자들은 백방으로 뛰며 구호품을 구해 와서 나누어 주면서도 사람살이에 대한 간섭은 없었다. 그럼에도 물자는 늘 부족했고, 배고픈 사람은 늘 배가 고팠고, 사회에 대한 동경은 사라지지 않았다. 그렇게 성심원의 시계는 60년 동안 째깍거려 오늘에 이르렀다.

사회인들의 부러운 시선과 상관없이 한센인으로 살아간다는 것은 그들의 삶이 서사 밖에 있다는 것을 의미한다. 배가 고프든 배가 부르든 한센인으로서의 삶은 절망과 두려움, 모멸감과 치욕으로 얼룩진 길이다. 나의 불행이 가족 전체의 불행이 되고, 가을 바람에 날리는 나뭇잎마냥 여기저기 쫓겨 다니며 살아야 하는 그

심정을 나는 영원히 알 수 없을 것이다. 다만, 그들에게 남은 시간이 겨울만이 아니라 또 다른 시간이 있었고, 그 시간은 그들을 기다리고 있었다는 것은 알 것 같다. 또 다른 시간 속으로 가려면 우리는 필히 이 겨울을 지나야 한다.

2

성심원의 겨울

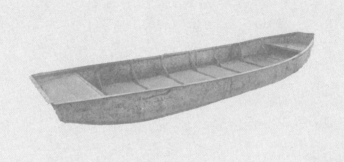

끝이 없을 것 같던 겨울, 저 너머에는

어느 해였던가. 10월이 아직 남았는데 성심원에 눈이 내렸다. 나중에 내린 눈은 진눈깨비가 되어 먼저 와서 조심스럽게 쌓여 있는 눈들을 녹여버렸다. 겨울의 끝에 내리는 눈은 포근하지만 가을이 채 가기도 전에 내리는 눈은 이번 겨울을 지내는 게 어려울 것이라는 전조이다. 성급하게 먼저 이 세상에 왔다가 나중 내린 눈에 의해 흔적도 없이 사라지는 눈을 보며 심란했다.

성심원에 겨울이 깊어가고 눈이 내리면 직원들은 더없이 바빠진다. 한센인들이 전동 휠체어를 타거나 지팡이를 짚고 다니는 데에 문제가 없도록 눈을 치워야 하고, 감기 환자가 생기면 확산을 막기 위하여 고군분투한다. 독감 주의보가 내려지면 면역력이 약한 한센인들을 보호하기 위하여 외부인의 출입마저 통제된다. 가정사에는 난방에 문제가 없는지 직원들의 방문이 잦아진다. 성심교에 눈이 쌓이고 성심원 입구 진입로 응달의 눈이 녹지 않으면 굴다리부터 걸어서 출근을 하기도 한다.

겨울이 와도 성심원에는 전동 휠체어 바퀴가 굴러다닌다. 햇빛이 유난히 따뜻한 날, 강변에 세워진 그 옛날 나룻배가 서던 그곳에 앉아 하염없이 강을 바라보는 어르신을 만났다. 불편한 몸을 이끌고 나온 모습이 반가워 건네는 인사에도 미동 없이 강물만 뚫어지게 바라보고 있다. 햇빛은 따뜻해도 겨울바람이 찬데 어떤 마음으로 저 강물을 보고 있는 것일까. 옆에 쪼그리고 앉아서 같이 강물을 보다가 추위에 일어서도 반응이 없다.

성심원의 겨울은 정직하다. 가을 내내 도토리를 던져주던 상수리나무도 본모습을 드러내고, 성심원의 모든 땅도 푸르름을 벗어던지고 태초의 모습 그대로 겨울을 버틴다. 군데군데 심어져 있는 소나무의 푸른 잎들이 생경해 보이기까지 한다. 일찍 와서 오래 머물다 가는 겨울에 성심원 어르신들은 익숙해져 있다. 하지만 성심원의 겨울이 마냥 추운 건 아니다. 햇살이 따뜻한 날도 있고, 따뜻한 경로당에서 나오는 웃음소리에 추위가 멈칫하는 날도 있다.

겨울은 죽음을 딛고 새로운 생명의 탄생 가능성을 잉태한 계절이다. 가을의 풍성함에 대한 이별을 묵묵히 받아들이고, 꽁꽁 얼어

66
하느님은 성심원의 겨울을 통하여 한센인들 사이에서 당신의
모습을 드러내며, 우리가 당신을 찾아내는 시간을 기다린다.
ⓒ 엄삼용 수사, 눈 쌓인 성심교가 보이는 겨울 풍경.
99

있는 땅 어디에선가 움트고 있는 생명의 소리를 귀 기울여 들어주는 계절이다. 겨울이 있음에 우주는 순환하고 신의 현현(顯現)을 체감할 수 있다. 하느님은 성심원의 겨울을 통하여 한센인들 사이에서 당신의 모습을 드러내며, 우리가 당신을 찾아내는 시간을 기다린다.

___"내 몸이 나의 역사이다."

"나는 서럽고 서러워서 그리고 억울해서 말하고 싶지 않다. 그란데 또 이야기하고 싶기도 하다. 내 맘을 나도 모리제. 내 몸을 봐라. 내 몸이 내 역사인데 뭘 그리 자꾸 묻노. 이래 봬도 내가 노래는 참 잘한다. 소록도에 있을 때에도 사람들이 노래를 부르라 하모 뜻도 모르는 유행가를 몇 곡씩 불어 제낀다."

레지나 씨는 목소리도 크고 자기주장도 강하다. 자신이 소록도에서 성경고등학교를 중퇴한 것에 자부심이 높다. 오마도 간척 사업에 동원되면서 배움의 꿈은 끝났지만, 여덟 살에 병 걸리고 열두 살에 부모를 떠나와 소록도에서 초등학교, 중학교를 거쳐 고등학교에 진학한 기억은 잊지 않고 있다. 소록도에는 두 번 다시 가고 싶지 않다며 몸서리를 치지만, 어쩌다 마음이 상하면 "소록도로 갈끼다. 그게서도 오라 한다."라며 심통을 부린다. 레지나 씨는 갈 곳이 없다. 사실 오라는 곳도 없다. 그래서 서럽고 또 서러워한다.

레지나 씨는 거제도 함목이 고향이다. 죽기 전에 한 번만이라도 거제 바다를 보고 싶어한다. 또 물어물어 찾아가서 아버지 어머니 산소에 소주 한 잔 부어 놓고 절도 하고 싶다. 딸 둘을 한센병에 빼앗기고, 농사철이 끝나면 잠시 마주 보고 가는 게 전부였지만, 부모님은 매년 남쪽 끝에서 소록도까지 왔었다. 철없이 지내다가도 찬바람이 불고 바다를 오가는 배를 볼 때마다 아버지인가 어머니인가 싶어 가슴이 뛰었노라고 했다.

건강하던 그때 레지나 씨의 이름은 막딸이었다. 언니에 이어 연달아 딸이 태어나니까 집에서는 이제 딸은 그만 낳으라고 막딸이라고 불렀는데, 정말로 레지나 씨 밑으로 남동생이 태어났다. 레지나 씨는 열두 살까지 이름을 막딸로만 알고 있었는데, 어린 딸 둘만 먼저 소록도에 보내놓고, 얼마 지나지 않아 쫓아온 아버지가 서류에 이름을 적는 것을 보고 비로소 자신의 정식 이름을 알았다. "그때 알았다. 내 이름을. 모리제, 원래 이름을 지어놓고 아들 놓으라고 막딸이라 한 긴지 이름이 없는데 적으라 하니까 급해서 생각나는 대로 적은 긴지."

레지나는 여덟 살 때 병에 걸렸다. 언니가 둘 있었는데, 큰언니가 먼저 병에 걸렸다. 큰언니는 얼굴에 병 표식이 많이 나서 학교에 못 가고 집에만 있었고, 레지나는 병 표식이 얼굴에는 안 나고 다리에 나서 치마로 감추어 안 보이게 했다. 큰딸의 처지만으로도 한스러운데 셋째 딸까지 험한 병에 걸리자 부모님은 늘 불안해했다. 어린 딸이 펄쩍거리고 뛰다가 행여라도 다리에 난 병 표식이 들킬까 봐 어머니는 뛰지 못하게 나무라고, 바람이 조금만 불어도 치마가 뒤집혀 동네 사람 눈에 뜨일까 봐 나가지도 못하게 했다.

여덟 살 레지나는 자신이 걸린 병이 어떤 병인지 몰랐다. 집에서는 아무도 환자로 대하지 않았기 때문이다. 나이 들어 생각해 보면 어린 나이에 병 걸린 게 맘이 아파서 무슨 말이든지 전부 다 들어주었던 것인데, 자기 아래로 남동생이 줄줄이 태어났기 때문에 부모님이 관대한 것으로만 알았다. 긴 치마를 입고 초등학교에도 갔다. 집에만 있을 때는 몰랐는데 학교에 다니면서 자연적으로 알게 되었다. 친구들이 큰언니 이야기를 하면서 레지나를 가까이 하지 않자 자신도 모르게 자꾸 손이 치마를 잡게 되고, 체육시간이 되면 들킬까 봐 뒤로 숨게 되었다.

"학교에서는 눈치 채고 오지 말라고 해도 그래도 실실 가니까 또 별 말이 없어. 그래서 좀 더 다녔다. 응, 오다가다 가다말다 했제. 시간이 가니까 허벅지에 불키는 것 말고도 인자 무릎 우로 종기가 한 두 개 나는 기라. 그래도 안 보이니까 그런 건지 그럭저럭 슬슬 다니고 때로는 친구들하고 놀기도 했다. 아매도 국민학교 4학년 때였지. 바닷가에서 친구들과 바위를 펄쩍 거리며 옮겨 다니며 노는데 그만 바람에 치마가 훌렁 하고 날리는 기라. 친구들이 그만 봤다. 다리에 소소하게 빨갛게 불키 있는 거를. 치마를 얼른 덮었는데 친구들이 더 이상하게 여기는 것 같대.”

아니나 다를까, 다음날 공부를 마치고 집으로 가는데 담임 선생님이 불렀다. 선생님은 무서운 눈으로 ‘손을 펴봐라, 손을 뒤집어봐라’ 하며 유심히 살펴보다가 치마를 올려보라고 했다. 레지나는 움찔거리며 뒷걸음질을 쳤고, 선생님은 강제로 치마를 걷어 올렸다. 담임 선생님은 낮은 목소리로 “내일부터 학교에 오지 말고 집에 있어.”고 하며 뒤돌아서 갔다. 혼자 집으로 터벅터벅 걸어와서 말하니까 어머니도 아무 말 없이 ‘내일부터 집에 있으라’ 하며 부엌으로 갔다. 그날부터 소록도로 쫓겨갈 때까지 학교에는 가지 못했다.

어린 마음에 자신이 큰 죄를 지은 것만 같고 또 선생님이 무서운 얼굴로 오지 말라니까 가면 안 되는 걸로 생각했다. 그래도 그때는 집이었고 아버지 어머니가 함께 있어서 괜찮았다. 어머니는 문맹이었다. 글자 몰라도 이렇게 사는데 학교에 보내 병이 탄로 나면 아이 인생 망친다고 어머니는 반대했지만 아버지가 우겨서 보내준 학교인데 그렇게 4학년을 마치지 못했다. 작은언니는 아래 동생과 위의 언니 때문에 많이 힘들었지만 대놓고 내색하지는 않았다. 가운데서 이러지도 저러지도 못하고, 밖에 나가도 친구들이 잘 놀아주지도 않다 보니 늘 침울했다.

집에만 있으니 심심했다. 동네 아이들이 학교 갈 때는 집에 있다가 길에 아이들이 안 보이면 산으로 올라갔다가 바닷가로 내려왔다가 그렇게 바닷가 바위 위를 폴짝거리며 혼자 놀았다. 그러다가 아이들이 학교서 올 때쯤이면 집에 콕 들어왔다. 죄 지은 것도 없지만 어린 마음에 산으로 바닷가로 쏘다니면서 사람들 눈에 뜨이지 않기 위해 늘 조심했다. 시간이 지날수록 큰언니의 얼굴에는 붉은 반점이 늘어났다. 얼굴에 집중적으로 병표식이 났기 때문에 큰언니는 아예 대문 밖으로 나가지 못했다.

아버지와 어머니는 아침부터 해 질 때까지 밖에서 일을 했다. 막내 남동생은 어리고 레지나는 천방지축 뛰어다니다 보니 큰언니가 어머니 노릇을 대신 했다. 병들어도 큰언니가 집에 있어서 부모님도 그리 부지런히 일할 수 있었고, 아홉 식구는 밥 안 굶고 간혹 쌀밥도 먹었다. 불안한 평화는 오래가지 못했다. 하루는 큰언니가 물양동이를 이고 우물에 물을 뜨러 갔다가 온몸에 물을 뒤집어쓰고 덜덜 떨며 혼비백산을 하고 돌아왔다. 우물가에 있던 여자들이 그날따라 큰언니를 보자 소리 지르고 물을 끼얹으며 떼로 달려들었다. 그리고 큰언니를 이리저리 흔들며 옹기를 집어 던지고 물을 바가지채로 갖다 부었던 것이다.

마침 지나가던 아버지 친구가 보고 큰언니를 집으로 데려왔다. 들일 하다가 친구 이야기를 듣고 쫓아온 부모님은 큰딸의 처참한 모습을 보고 아무 말 없이 쉬지도 않고 일만 했다. 그 누구를 원망하지도 않았고 동네에 가서 따지지도 않았다. 한센병에 걸린 사람과 그 가족은 흔히 겪는 일이었다. 공동 식수원인 우물가에 가까이만 가도 혹시 병이 옮을까 봐 동네 전체가 망을 보기도 했다. 물에 흠뻑 젖어 반쯤 정신이 나간 상태로 들어온 그날부터 큰언니는 마음의 병도 얻었다. 시도 때도 없이 발작을 하며, 대문 너머로 여자 셋만 지나가도 공포에 질려 소리도 내지 못하고 온몸을 벌벌 떨었다.

"이 병은 옮는 기 아이다. 우리 식구 아홉 중에 큰언니하고 나만 걸린 거 보모 모르나. 걸릴라 쿠모 다 안 걸렸겄나. 내 밑에 막내 남동생은 나보다 나이가 마이 적었다. 엄마는 일 나가서 안 들어오고 동생은 배가 고파서 운다. 달래도 안 되고 배가 고프니까 자꾸 칭얼거리기도 하고……."

큰언니는 우물가에서 그 일을 당한 후로 마음의 병이 점점 깊어져 어떤 날은 하루종일 꼼짝도 안 하고 멍하니 앉아만 있었다. 그런 날이면 어쩔 수 없이 어린 남동생을 레지나가 돌보았다. 배가 고파 울면 암죽을 먹여야 하는데 레지나는 어찌 해야 할지 몰라서 생쌀을 입에 넣고 꼭꼭 씹어서 먹이기도 하고, 씹은 쌀을 밥그릇에 담아 겨우겨우 불을 때서 끓여 먹이기도 했다. 어리지만 생쌀을 그대로 주면 안 되겠고 굶길 수도 없어 그리 했지만 맘 한 구석에 겁이 나서 어머니에게 그 말을 못했다. 말할 용기가 없었다. 하지만 혹시라도 어린 남동생이 병에 걸리면 어쩔까 싶어서 조마조마했다.

그 와중에도 레지나는 천방지축으로 뭐가 뭔지도 모르고 날만 새면 산에 갔다. 산에는 봄이면 진달래가 붉게 피고, 놀다가 배고프면 진달래꽃잎을 뜯어서 입에 넣으면 싸~한 맛이 돌며 입안이 향기로웠다. 그렇게 산으로 들로 바닷가로 다니다가 배고프면 집에 와서 밥 한 숟가락 먹고, 동생이 울면 생쌀을 씹어 입에 넣어주고 업어 달랬다. 시간이 지나면서 큰언니의 얼굴은 점점 심해지고 있었다. 집에 있다가도 갑자기 소리 지르며 벌벌 떨었고, 그때마다 레지나는 어찌해야 할지 몰라서 덩달아 겁이 났다. "아마 우리 부모님 마음이 마음이 아니었을 기라. 지옥이 따로 있겠나, 그기 지옥이지. 하기사 그보다 더한 지옥이 기다리는 걸 나는 몰랐지."

동네 사람들은 딸 둘을 소록도로 보내라고 매일 찾아와서 소리 질렀다. 부모님은 애써 못 들은 척했지만, 가까이 지내면서 걱정하던 사람들도 시간이 지나니까 "인자 아(이)들을 그마 보내야 안 되겠나?" 하며 집에 오는 것도 뜸해졌다. 어느 날부터는 순경이 집으로 오기 시작했다. "동네 사람들이 우리 집에 문디 있다고 신고하니까 순경이 나오지. 빨리 잡아서 보내라고 신고하는 거지. 아버지 엄마는 들일 하다가도 멀리서 순경이 우리 집으로 가는 거 보이모 어떤 때는 소리치고 어떤 때는 쫓아온다. 그라모 나하고 큰언니는 뒷산으로 내빼는 기라. 그냥, 그냥 산으로 들어간다. 언니하고 산에 쪼그리고 있다가 해지모 집으로 들어가제."

순경과 동네사람들을 피해 정신없이 집을 나오는 날이면 마음이 아프거나 눈물이 나는 것을 느끼지 못한 채 겁에 질려서 큰언니 손을 꼭 잡고 계속 산으로 산으로 들어갔다. 정신이 나간 언니 손을 꼭 잡고 잡히지 않기 위해 정신없이 뛰다가 힘에 겨워 고꾸라지듯이 주저앉으면 온몸이 덜덜 떨리고 정신이 아득했다. 나무 밑에, 덤불 밑에 숨어 쪼그리고 앉아 있다가 어두워지면 엉금엉금 내려왔다. 어떤 때는 어두워져도 안 가고 집 마당에 동네 사람들이 버티고 있어 담 밑에서 밤을 샌 적도 있다.

동네 다른 집에도 한센병에 걸린 사람들이 있었다. 그때 그리 흔한 병도 아니지만 드문 병도 아니었다. 그 사람들은 다 소록도로 가든가 집을 떠나든가 했는데, 레지나의 아버지는 딸들을 멀리 안 보내고 옆에 가까이 두고 병을 낫게 하려고 무던히 애를 썼다. 그나마 동네에서 좀 먹고 사는 집이어서 버텼지만 큰언니의 얼굴이 심해지자 아버지에게 폭행이 가해졌다. 아버지가 순경에게 맞고 동네사람들에게 맞는 것을 보며 레지나는 스스로 소록도로 가겠노라고 말했다. 소록도가 어딘지는 알 수 없었지만, 어린 마음에도 큰언니와 자기가 집에 있으면 온 가족이 살 수 없을 거라는 불안감에 집을 떠나왔다.

열두 살 때, 1952년도에 소록도로 갔다. 동생들이 있어서 부모님은 동행하지 못했다. 두 자매가 손잡고 거제도에서 소록도로 갔다. 큰언니라 해도 정신이 그러하니 레지나가 큰언니 손을 꼭 잡는 게 아니고 큰언니가 동생 손을 꼭 잡고 다녔다. 견내량 다리를 건너 버스 타고 가다가 들키면 아무 데나 차를 세우고 내리라고 소리 질렀다. 그러면 내려서 언니 손을 잡고 걷다가 차가 오면 손들어서 타고, 또 쫓겨 내려서 걸었다. 묻고 물어서 가다가 해 지면 남의 처마 밑에서 잤다. 아버지가 준 돈이 있어 여관에 갔는데 나가라 해서 길가에서 자기도 했다. 소록도는 멀다면 멀고 가깝다면 가까운 곳이었다.

당시 소록도에는 마을이 7개 있었는데, 병의 진행 정도에 따라 사는 곳이 달랐다. 병 상태가 양호한 한센인은 중환자들이 있는 부락에 가서 시중을 들었는데, 레지나는 나이가 어려도 병상태가 양호하다고 중환자들이 있는 부락에 가서 시중을 들었다. 하는 일은 중환자들에게 물도 떠주고 밥도 먹여주고 잔심부름 해주는 것이었는데, 가장 힘든 일이 대소변 수발드는 거였다. 대부분의 환자들이 혼자서는 제대로 걷지도 못하는 중환자들이었다. 큰언니는 정신이 온전치 못하니까 일을 하지 못하고 동생 뒤를 따라 다녔다.

밤새 요강이 소변으로 가득 차면 어두컴컴한 새벽에도 일어나야 했다. 얼른 요강을 비워놓지 않으면 욕설이 난무했다. 요강을 비우는 곳은 사람들이 지내는 곳에서 멀리 떨어져 있었다. 그곳까지 오줌이 가득 찬 요강을 들고 가면 오줌이 손목으로 타고 흘러내렸다. 열두 살의 레지나 손목에 오줌이 마를 날이 없었다. 소록도의 겨울은 혹독했다. 추운 겨울날 새벽에 컴컴한 길을 무거운 요강을 들고 가면 팔이랑 다리가 바들바들 떨리고 아무리 살살 걸어도 오줌은 출렁거리며 흘러내렸다. 아무리 빨리 걷고 빨리 움직여도 거리가 머니까 요강을 비우고 가면 욕이 먼저 들려왔다. 욕을 듣기 싫어 빈 요강을 들고 종종거리며 오다가 돌에 채여 넘어지기도 했다.

"한겨울에는 손목이랑 손가락이 얼어 터지는 것 같애. 그라고 요강을 씻는 것도 내가 했거든. 그때 따신 물이 있나. 그냥 찬물에 씻는데 너무 춥고 손이 시린게 오줌 냄새도 안 나. 누가 나를 씻기 주는 것도 아이고, 맨날 손이랑 손목이 틀어서 보기 숭했어. 겨울에는 튼 데가 터지서 피도 나고 가렵기도 하고 그렇는 기라. 그게 오줌이 흘러 내리모 따갑고 씨리고, 그라다가 딱지가 앉고, 어짜다 딱지가 떨어지모 또 피도 나고 그랬어."

소록도에서는 혼자 나갈 수 없었다. 레지나 씨는 요강을 들고 뛰던 어린 레지나에 대한 기억은 있어도 당시의 마음은 기억이 안 난다고 했다. "그냥 마음이 아파. 열두 살짜리 계집애가 오줌 가득 든 요강을 들고 찬바람 속을 발발 떨고 가던 기억만 또렷하고 자꾸 떠올라." 그런 기억이 떠오르는 날이면 큰언니만 아니었으면 소록도에 가지 않았을 것이고, 그러면 지금보다 나은 삶을 살 수 있지 않았을까 하는 회환에 잠겼다. 병은 깊어 가는데 정신은 온전하지 못한 큰딸을 혼자 소록도로 보낼 수 없어 부모님이 자신을 함께 보낸 것이라는 말을 반복했다. 그렇게라도 어린 날의 고통을 보상받고 싶은 것이다.

열여섯 살 4월 27일은 주일이었다. 레지나 씨는 그날을 영원히 잊을 수 없다고 했다. 식당에서 일하는 사람이 점심시간까지 시간이 남았으니 가서 나물을 뜯어오라고 했다. 요강 비우는 일보다 나물 뜯는 일이 더 좋았다. 오랜만에 홀가분하게 가서 나물을 뜯다가 시간 가는 줄 몰랐다. 멀리서 부르는 소리에 놀라서 허겁지겁 뛰어갔는데 점심시간에 좀 늦었다고 감독관에게 불려가서 종아리를 맞았다. 뼈가 부러졌는지 설 수도 걸을 수도 없이 아팠다. 맞은 곳이 터져 진물이 나며 낫지를 않았다. 그래도 오줌 요강은 들고 다녀야 했다. 워낙 중환자도 많고 부모도 없이 정신없는 언니 몫까지 일을 해야 언니와 굶지 않기 때문에 요강 비우는 일을 멈출 수 없었다.

다리가 너무 아파서 이가 흔들릴 정도로 악물었다. 사지가 있는 동안은 아프다고 약을 주지도 않던 시절이었다. 날이 지나가니까 온몸이 불덩어리로 변했다. 열이 너무 심해서 어떤 날은 까무라치기도 했다. "보다 안 되니까 다리를 끊자 하대. 치료법이 뭐가 제대로 없었어. 살모 사는 기고 못 살고 죽으모 죽는 운명이지." 의대가 있는 곳에 병원이 있었다. 당시의 소록대에서 의대라고 부르는 곳은 실제 의대가 아니라 흰색 가운을 입은 젊고 건강한 환자들이 몇 명 안 되는 의사를 도와 일하는 곳을 의대라 부르고, 그곳에서 해부도 진행되었다고 했다.

"수술실 천장에 커다란 거울이 있었어. 둥글고 큰 거울인데 수

술대 우에 누워서 보모 내 얼굴까지 다 보여. 수건으로 얼굴도 안 덮어줬어. 전신마취가 어데 있노. 그냥 허리 아래만 마취해. 수술하면서 저거끼리 웃는 소리, 말하는 소리 다 들어. 그라고 기계 덜그덕거리고 다리 자르는 소리도 들리고, 보였어. 봤지. 거울로 보다가 기절해버렸지, 뭐. 눈 뜨니까 당가에 거꾸로 매달아 놨어. 오른쪽 다리가 없대. 링겔도 없고 눈 뜨고 물이라도 넘기모 사는 기고 안 그라모 죽는 기라.”

어느 정도 회복되자 주위 사람들이 말해주었다. 수술이 끝나고 몇 시간 동안 눈도 안 뜨고 꼬집어도 못 깨어나자 죽었다고 해부실로 옮기려고 했다. 그러자 놀랍게도 큰언니가 ‘가슴이 따뜻하다고, 아직 안 죽었다고’ 동생 가슴 위에 엎드려서 울며불며 안비켰다. 그 정경이 가여웠던 해부실 사람들이 기다려주는 사이에 레지나가 눈을 떴던 것이다. 오랫동안 고열에 시달리고 나니 얼굴 근육이 늘어졌다. 딸 둘을 보러 온 아버지는 막내딸을 보고 망연자실했다. 한참 만에 겨우 꺼낸 한 마디가 “니 얼굴이 큰 바우 얼굴 같다.”였다. 예쁘다는 소리를 듣던 얼굴이었다. 처음에는 시간이 지나면 괜찮아질 줄 알았는데 얼굴 상태는 더 나빠졌다.

며칠 누워 있으니 다리 하나는 잃었지만 새벽에 일어나 요강을 비우러 다니지 않아 마냥 좋았다. 하지만 열도 내리고 몸이 좀 나아지자 여전히 요강을 비우러 다녀야 했다. 제대로 된 치료도 없었고 돌봐 주는 사람도 없었다. 큰언니는 여전히 옆에 껌딱지마냥 붙어 있었다. 목발이 없어 나무 작대기를 하나 주워 짚고 절뚝거리며 다녔다. 그런데 왼쪽 다리가 아팠다. 많이 아팠지만 굵지 않으려면 요강을 비워야 했다. 그해 여름 내내 열이 나서 벌벌 떨며 다녔다. 그해 가을에 왼쪽 다리도 마저 절단했다. 아무 생각 없이 살았다. 처음에는 엉덩이를 밀고 다니다가 나무에 동그랗게 홈을 파고 그 홈에 절단된 다리를 넣어 끈으로 묶어 걷는 연습을 했다.

그 나무다리로 다니면서 심부름도 하고 요강도 비우고 큰언니도 돌봐주었다. 때린 사람은 볼 때마다 미안하다고 했다. 그리될 줄 몰랐다고, 일부러 그리 한 거는 아니라고 했다. 많은 시간이 지났지만 지금도 그 사람에 대한 원망이나 미움은 없다. 다만, 가끔 밤에 누우면 그때가 꿈인가 생시인가 분간이 안 간다. 얼굴 근육이 이완되어 있는 레지나 씨는 ㅁ, ㅂ, ㅍ 발음이 안 된다. 그래서 처음에는 레지나 씨의 이야기를 알아듣는 데에 어려움을 겪었다. 쫓겨나온 고향이지만, 자신을 배척한 사람들이지만 레지나 씨는 고향을 그리워했다. 죽기 전에 한 번 가보고 싶어했다.

레지나 씨는 자신이 태어나 살았던 거제도 동부면 갈고지 함목이라는 지명을 정확하게 구술했다. 바닷가 산에서 뛰어다니던 시절에 만난 산양, 도당포, 구조라, 장승포, 통영다리를 지나 바닷가를 끼고 있는 험한 산비탈을 지나야 갈 수 있던 외갓집 동네인 쌍나리를 마음이 울적할 때면 떠올렸다. "그 산이라도 그대로, 그 바다라도 그대로 있겠제. 나는 이리 변해도 그 산은 그 바다는 안 변하고 그대로 있겠제. 사람들은 나를 모린 척해도 그 산은 그 바다는 나를 기다릴 것 같다."

거제도 함목의 바다가 그리울 때마다 큰언니 손을 잡고 소록도 바닷가에 나갔다. "바다는 같은 바다가 아이다. 그래도 먹을 기 있다 아이가. 나는 소록도에 가서 반지락을 처음 보고 알았다. 우리집이 있던 거제도는 물살이 세서 반지락이 없어서 몰랐다. 파도에 껍데기만 밀리오고 했거든." 소록도에는 바지락 조개가 많았다. 그것을 주워 나뭇가지를 모아 삶아서 언니와 먹었다. 그래도 허기가 지면 파도에 떠밀려오는 파래를 뜯어서 강냉이 가루를 뿌려 쪄먹었다. "파래강냉이 떡이지. 파래만 찌모 안 되니까 쌀가리 대신 강냉이 가리를 쪼끔 뿌리서 묵는 긴데, 그기라도 실컷 묵었으모 했다."

파래강냉이 떡을 먹고 나면 침이 자꾸 흘렀다. "이상하대. 파래만 묵으모 속이 데리고 침이 질질 나와. 속이 마이 데린다." 처음에는 괜찮은데 자꾸 먹다 보면 침이 주체할 수 없이 흘러내리기도 했다. 그래도 배만 안 고프면 싶었다. 봄이 오면 산나물도 뜯어서 먹었는데 파래와 달리 산나물은 위가 아팠다. "산에서 나는 거는 마이 묵고 자꾸 묵으모 속이 고달프고, 바다에서 나는 거는 속이 데린다. 그 이유는 몰라." 소록도에서는 한 방에 10명씩 살았는데, 거의 다 같은 증상을 가지고 있었다. 먹을 게 워낙 없던 시절이었기에 먹으면 힘들다는 걸 알아도 파래강냉이떡과 산나물을 삶아 먹었다. 침이 흐르고 속이 아파도 그거라도 많이 먹고 싶었다.

밤에 요강을 비우러 가다 바다를 보면 퍼런 빛이 번득거렸다. "사람 뼈에서 나오는 인이 그리 보이는 기라." 환자가 죽으면 화장을 하는데 제대로 소각이 안 되어 남아 있는 뼈를 바다에 던지고, 그 뼈가 파도에 휩쓸려 되돌아온 것이다. 납골당이 있어서 큰 뼈는 납골당에 넣고 납골당이 차면 지하실에 따로 보관했다. "자잘하게 나오는 거는 바닷가에 버리기도 했거든." 어떤 날은 뼈에 파래가 끼인 채로 해변가에 뒹굴어 다니기도 했다.

소록도에 있을 때에는 여름이고 겨울이고 옷은 광목이었다. 겨울에는 검게 물들인 옷을 입은 기억이 남아 있다. 소록도에서의 생활은 춥고 배고픈 나날이었다. 배급을 주는데 늘 부족했고, 레지나는 어리다고 양이 적었다. 그래서 찾아낸 것이 칡이었다. 소록도에는 칡이 많아서 물칡은 안 먹고 버리기도 했다. "거기서 죽는 거는 사는 것보다 쉬워. 죽으모 제대로 장례도 안 지내주고 함부로 한께 사람 뼈가 예사로 있어. 왜 저 앞에 텔레비전에도 그런 게 나오는 것 같던데, 그거 사실이다. 그때도 쇠꼬챙이로 아무 데나 땅을 부시모 뼈가 나오제."

내가 레지나 씨에게 송화가루 날려서 소나무가 싫다고 말하자 소나무는 참 고마운 나무라고 했다. 소나무에 새순이 돋으면 새순이 올라오는 바로 밑의 가지를 꺾어 껍데기를 벗긴다. 그러면 부드러운 껍질이 또 나온다. 그 껍데기를 이로 긁어서 먹으면 살짝 단맛이 나고 기분이 좋아진다고 했다. 소나무 송진은 흐르고 사나흘 지나면 꼬들꼬들해지는데, 그걸 뜯어서 꼭꼭 씹으면 껌처럼 된다. 배가 고파서 눈물이 날 때 그 송진을 꼭꼭 씹고 있으면 허기가 나아졌다. 거제도에 널린 피비는 먹어도 배가 고팠지만 소록도 소나무는 허기를 진정시켜준 고마운 나무였다. "풀도 나무도 생긴 대로 다 다른 기라. 굵어 죽으란 법은 없어서 천지에 묵을 거를 흩어 놓고 안 있나. 그기 자연이다."

열여섯 살에 험한 일을 두 번이나 당했지만 노래 잘하고 입담이 좋아 같은 방의 할머니들에게 이쁨을 많이 받았다. 열아홉 살이 되자 주위에서 스물아홉 살 노총각을 소개했다. "암만 노총각이라 해도 내를 봐라. 좋은 마음으로 내 도와준다고 장가들었다. 어임주, 우리 영감 이름이다." 결혼식이 다가오자 그래도 면사포는 쓰고 싶었다. 지금과 달리 그때는 손과 팔이 자유로워서 누워만 지내는 할머니 환자가 주는 흰색 속치마를 뜯어 앞쪽에 주름을 잡고 그 위에 오글오글하게 바느질한 연두색 천을 덮어 면사포로 만들어 썼다.

같은 방에서 유독 레지나를 사랑하던 할머니가 배급 나오는 안량미를 모아 송편을 만들어 소록도에서 팔았다. 당시 소록도에는 가끔씩 면회오는 가족이 주고 가는 돈으로 물건을 사기도 하고, 주고 가는 물건을 팔기도 했다. 송편을 판 돈으로 면에 부탁하여 톳 2봉지와 요강을 사서 직접 만든 떡을 들고 남편에게 오는 레지나를 따라와 줬다. "요강도 잘 씻어 쓰면 오래 쓴다고 했다. 내내 닦아 쓰니까 더 오래 쓴다. 지금도 쓴다."

남편은 법 없이도 살아갈 좋은 사람이었다. 남편은 산청에서 태어나 산청초등학교를 다녔다. 한참 후에 부부가 소록도에서 나와 함안 정착지에서 살다가 성심원으로 온 것도 다 그런 인연의 끝이다. 부부로 사십칠팔 년을 살아도 싸움을 한 기억이 없다. 스무 살에 결혼했지만 따로 살림을 차린 것은 스물여섯 살일 때이다. 결혼은 해도 낮에만 같이 있고 어두워지면 합숙하는 방에서 따로 잤다. 당시 소록도에는 방이 부족했기 때문에 어쩌다 누군가 죽어서 혼자 되는 집이 나오면 혼자 된 사람은 합숙하고 그 빈방에 살림을 내줬다. "스물여섯 살까지는 낮에만 부부지. 그래도 부부가 되니까 낮에 와서 힘든 일도 도와주고 큰언니도 돌봐주고 좋대. 좋더라."

"여게는 직원들이 밤낮으로 안 뛰어다니나. 참 고맙고…… 말로는
고마운 맘을 다 표시 못하제. 나한테는 우리 성심원 직원이
가족이다. 나는 사해에 솥단지 하나 걸어 놓고 살아도 된다.
돈 필요 없다." © 김성리, 필자와 함께한 레지나 씨.

결혼 후에 학교에 다니기 시작했다. 정식으로 입학한 것은 아니지만 교실에서 공부를 한다는 것은 결혼 후에 느낀 소소한 행복 중의 하나였다. 혼자가 아니라는 것과 기댈 등이 있다는 것과 이제는 자신을 위해 뭔가 할 수 있다는 것은 상상도 못해 본 행복이었다. 남편도 함께 지내지 못하는 아내가 안쓰러운지 다니지 말라는 말을 안 해서 1963년도에는 소록도 교회 안에 생긴 야간 성경학교 고등부에도 갔다. 1963년도부터 학생들이 오마도 공사에 투입되면서 들어간 지 얼마 되지 않아 학교는 저절로 없어졌다. 스물세 살이었다. "그 길로 공부는 끝났다. 오마도 이야기는 안 하고 싶다. 참 마이도 죽고, 흔적도 없이 갔다. 일하다가 바다에 빠져 죽고, 파도에 휩쓸리 갖고 죽고, 일하다가 쓰러져 죽고, 맞아 죽고……."

결혼했지만 변하지 않는 것은 끝없는 노동이었다. 1960년도에 소록도에서는 통마늘 농사를 대대적으로 지었다. 그해는 유난히 마늘 농사가 잘 되어 서울에 팔았는데, 들리는 말에 얼추 한 천만 원을 벌었다고 수군거렸다. 당시에는 천문학적인 액수였다. 이후 몇 년 동안 마늘 농사를 고되게 지어도 개인에게 보상은 없었다. 아무도 노동에 대한 임금을 달라고 하지 않았고, 말을 꺼낼 엄두도 못했다. 두 다리가 의족이라고 노동에서 제외되는 건 아니었다. 할당량은 같았고, 덩달아 남편의 노동량은 늘 1.5인의 몫이었다.

1985년도에 큰언니가 사망했다. 레지나 씨에게 큰언니는 평생 어깨에 얹고 다니는 맷돌이었다. 세월이 흘러 소록도에도 거주 이전의 자유가 주어졌다. 큰언니를 떠나보냈기 때문에 더 이상 소록도에 있어야 할 이유가 없었다. 소록도에서는 나왔지만 갈 곳이 없었다. 부모님은 딸 둘을 소록도에 보내고 거제도를 떠나 한산도로 이주했다. 이주 후 몇 년 지나지 않아 아버지는 화병으로 돌아가셨다. 남은 가족을 생각해서 그곳으로는 갈 수 없었기에 남편 손을 잡고 옷 보따리 하나씩 들고 함안 정착촌으로 갔다.

"처음에는 짐승을 키웠는데, 품삯으로 50만 원을 받았다. 기분 좋았지." 처음 받은 노동의 가치는 없는 힘도 나게 했다. 일하고 돈을 받으니 아침부터 밤까지 열심히 했다. 죽기 살기로 일하다 보니 드디어 남편 명의로 된 가축도 샀다. 소록도에서 두 다리를 잃고 난 후에도 요강을 들고 다닐 때 한 팔로 요강을 들고 한 팔로 작대기를 짚었었다. 손은 늘 오줌에 담겨 있었고 팔은 아팠다. 그 몸으로 오마도 공사에 동원되어 중노동을 한 이후부터 양쪽 팔에 힘이 들어가지 않았다. 손가락은 오그라들며 마치 처음부터 없었던 것처럼 퇴화되어 갔다. 밥하고 집안일 하는 것도 버거웠다. 그래도 일하고 번 돈으로 늘어나는 가축과 아껴서 모이는 돈을 보면 쉬고 싶지 않았다.

남들처럼 손으로 호미를 들기도 어렵고 곡괭이질도 할 수 없었고, 나무다리로는 머리에 대야를 이고 다닐 수도 없었다. 그래서 팔목에 삽자루를 걸어 끈으로 묶어 삽질을 했다. 일하기 위해 아침에 눈을 뜨고 내일의 노동을 위해 잠을 잤다. "언젠가 남편이 그러더라. '우리 이 몸으로 돈 많이 벌었다. 참 일 많이 했다.' 그러대. 참 열심히 살았다. 죽어라고 일만 했다." 함안에서는 시동생이 남기고 간 조카 다섯 명을 시어머니가 양육하고 있었다. "동서는 가출해 버렸고 하니까 시어머니가 '조카도 자식이다' 하대." 단종수술로 아이를 두지 못한 레지나 씨 부부는 조카들의 양육비를 보탰다. "말하자모 그 아이들 다섯 다 거두고 시어머니 생활비를 대줬다." 그 시어머니도 2008년도에 아흔여덟 살로 돌아가셨다.

조카가 자라서 취직했을 때는 작은 차도 한 대 뽑아줬다. 조카들도 장성해서 독립하고 더 이상의 노동이 힘들어지자 남편은 고향으로 돌아오고 싶어했다. 그때 이미 양 팔은 사용할 수 없을 정도로 관절 상태가 악화되어 있었고, 손가락도 형체만 겨우 남은 상태였다. 계속되는 남편의 권유로 시어머니와 조카들의 생활비를 남겨주고 수중에 몇 천 원만 들고 성심원으로 와서 살림을 풀었다. 1997년도에 성심원으로 이주해서 생애 처음으로 평안함을 느꼈다. 당시의 성심원은 지금과 비교할 수 없을 정도로 환경이 열악했지만, 이전의 생활에 비하면 따뜻하고 포근했다. "성심원은 우리 같은 나그네의 천국이다. 성심원이 좋다. 그런데 소록도에 여행 삼아 갔는데 옛날 생각이 나고 눈물이 나대."

"영감이 죽고 나서도 한참 동안 밥해묵고 있었다. 근데 폴이이리 덜렁거리고 힘이 없은께 밥 한 끼 하는 것도 너무 힘들고 고달파. 관절 때문에 폴에 기브스도 했는데, 밥을 제대로 해묵을 수가 있어야지. 밥 한 끼 묵는 기 어찌나 고되던지 말도 못한다." 2013년 10월경에 요양사로 옮겨왔다. 일상을 직원들의 보살핌으로 지내면서도 소록도는 잊지 않고 있었다. 예전에 이웃으로 지냈던 소록도 사람들이 돌아오라는 전화를 걸어와도 그곳에 가서 등을 누이고 싶지는 않다. "여게는 직원들이 밤낮으로 안 뛰어 다니나. 참 고맙고…… 말로는 고마운 맘을 다 표시 못하제. 나한테는 우리 성심원 직원이 가족이다. 나는 사해에 솥단지 하나 걸어 놓고 살아도 된다. 돈 필요 없다."

"옛날에 우리 아부지가 그러는데, 내 사주가 남자 같았으모 사모관대를 쓸 사주인데, 여자로 태어나서 국록을 먹는다고 했단다. 큰 기와집 밑에서 전깃불 아래에서 산다고 했다는데 딱 맞다. 그 말을 모리겠나? 내가 지금 나라에서 주는 돈으로 묵고 사니 국록을 받아

묵는 기고, 소록도에 가니까 전깃불이 있더라. 그라고 지금 성심원,
이 큰 집이 내 집 아이가. 기와집이라는 거는 진짜 기와집이 아이고
큰 집이라는 뜻이라."

그러나 단단하던 마음도 조금씩 무너져 내리고 있었다. 율리
아나 씨 떠나가고 그나마 서로 의지하던 수산나 씨도 돌아올 수
없는 곳으로 갔다. 직원들이 내 가족이라고 말하지만, 종일 함께
지내며 이야기 나누던 이들이 떠나고 이제는 정말 혼자 남았다는
허전함은 변덕에 가까운 심통으로 표현되기 시작했다. 그나마 아
침저녁으로 서로 들여다보며 염려해 주던 안나 씨마저 집중케어
실로 옮겨지자 마음은 균형을 잃고 막연한 불안감과 답답함을 화
로 풀어갔다. 화를 내는 대상은 직원과 자신을 가리지 않았다. 성
심원 뜰에서 만나 반가움에 다가가도 모른 척하며 휠체어를 거칠
게 운전했다.
　　양 팔꿈치의 만성 염증이 심해지면 통증으로 잠을 설치고 그
런 날이면 육체의 아픔과 마음의 고통으로 온 신경이 곤두서 있
다. "이것저것 물어볼 필요 없다. 내 몸이 내 역사다. 내 몸은 성한
곳이 있으모 치이서 안 된다. 성한 데만 쓰게 되니 그게 어찌 견
디겠노." 백내장과 떠나지 않는 두통으로 눈은 늘 충혈되어 있고,
이미 퇴화되어 버린 양 팔은 통증만 준다. 약 봉지를 뜯는 것도,

박카스 병을 따는 것도 손이 아닌 치아이다. 몸을 구부려 치아로 모든 것을 해결하다 보니 허리는 늘 아프다. 레지나 씨 옷은 단추 나 지퍼가 없다. 누구에게는 너무나 간단한 일인 약봉지를 뜯는 일에도 온몸은 땀투성이가 된다. 만성 염증과 일상이 중노동이다 보니 몸은 늘 뜨겁기만 하다.

언제부터인가, 먹는 것, 화장실 가는 것, 입는 것 등 산다는 그 자체가 화풀이 대상이 되었다. 반찬이 싱겁다고 짜증을 내고, 짜 면 짜다고 역정을 냈다. 어느 날은 어린 시절 어머니가 솥뚜껑에 부쳐주던 "소풀 찌짐"이 먹고 싶은데 먹을 수 없다고 울었다. 겨 울은 바람이 세고 추워서, 여름은 더워서, 봄은 꽃가루 때문에, 가 을은 성심원을 거쳐 지리산 둘레길을 오르는 등산객들 때문에 화 가 났다. 직원들의 작은 실수도 일부러 그러는 것 같고, 나날이 요 구는 늘어갔다.

가정사에 놀러 가면 요양사로 돌아오는 것도 짜증스럽고, 요 양사 방에 있으면 창문에 달린 블라인드가 보기 싫어 짜증이 났 다. "내가 뭐 잘못했노. 내가 어찌 답을 하노. 그냥 마음이 그렇다. 조카들? 피붙이가 어데 있노. 내 몸이 이러니 내 팔자가 그렇는디 연락 못하지. 한 많은 과거에 대한 보상을 받고 싶다. 받을 방법이 없다. 인자 죽는 길밖에 안 남았다." 보상받을 길 없는 삶의 끝자 락에서 레지나 씨는 무너져 내리고 있었다.

— "내가 죄 있어 이리 산다."

"전에 여기 성심원에 의사로 있던 이비인후과 선생이 요새도 한 번씩 오거든. 내처럼 이리 입안이 헐고 아픈 거 공부해서 꼭 낫게 해 준다 했는데, 그 공부가 어려운가 아직 안 낫아."

수산나 씨는 김치 없이는 밥을 못 먹는다. 그런데 2011년부터 이상하게 입안이 헐어서 낫지 않고 있어 김치를 물에 씻어서 식사를 한다. "요 안에, 입 안에 봐라. 헐어 있는 거 보이제? 아이고 마이 아프다." 입 안을 이리저리 살펴봐도 상처는 보이지 않았다. 그런데도 너무 아프다고 만날 때마다 힘들어한다. 김치를 참 좋아하는데 김치도 못 먹고 매운 것도 못 먹고 물에 말아 밥을 먹으면 그 옛날 어머니가 만들어 주던 반찬들이 자꾸 생각이 난다. "요새는 죽을 묵는데 김치도 없이 뭔 맛으로 묵노. 오늘은 김치를 물에 씻어서 묵었는데 그것도 김치라고 좀 낫더라."

수산나 씨가 한센병 치료를 위해 애락원에 갈 때의 나이는 열다섯 살이었다. 열서너 살부터 이유 없이 손가락이 뻣뻣해졌다. 주물러도 그때뿐이고 좀 지나면 다시 뻣뻣해졌지만 설마 한센병이라고는 생각하지 못했다. 당시 학교에는 무용 수업이 있었는데, 손가락을 펼치기도 하고 여러 모양으로 구부리기도 했다. 손가락이 유연하지 못해 손동작을 따라 할 수 없었던 수산나 씨는 유난히 손을 많이 쓰는 무용 선생님이 원망스럽기만 했다. 반 친구들은 무용시간이 좋아서 그 시간을 기다렸지만, 나날이 심해지는 손가락의 부자연스러움은 수산나 씨에게 막연한 불안감을 주었다. 그 불안감은 현실이 되었다.

"다른 데는 크게 표도 안 나고 그때는 발도 괜찮았는데, 뭔 조화인지 손가락부터 안 좋아지더구먼. 손가락이 뻣뻣하니까 손 모양을 따라 할 수가 없잖아. 혹시 내 손가락을 보고 친구나 선생님이 병 걸린 걸 알까 봐 조마조마했다."

무용 수업이 있는 날은 아침부터 손을 엉덩이 밑에 넣어 깔고 앉아 있었다. 그러면 따뜻한 온기와 몸무게가 있어서 안으로 꼬부라져 오는 손가락이 잠시 펴졌다. 겨우겨우 무용 시간이 끝나면 왜 그리 어린 마음에도 맘 한구석이 허해지던지…… 그리 애를 써도 손가락은 자꾸 굳어오고 안으로 오그라들었다. 장꾼들을 상대로 시장에서 밥장사하던 어머니는 아무리 바빠도 조그만 틈만 나면 딸의 손을 주물러 줬다. 수산나 씨의 손을 주무르는 어머니의 손 위로 깊은 한숨이 내려앉았다.

친구들이 처음에는 아무것도 모르고 수산나 씨의 손가락 흉

내를 내고 놀려대면서도 함께 잘 놀았는데 언젠가부터 사이가 데 면데면해지기 시작했다. "나는 얼굴도 작고 피부도 하얗고 고와서 오물짜(인형) 같다고 했다. 그리 하모 뭐 하노. 나중에는 찾아오는 친구도 없고 놀 친구도 없는데." 놀 친구도 없어지고 살짝만 보여도 뒤에서 수군거리는 동네 사람들의 눈치가 보여 산에만 갔다. 산에서는 집으로 들어가라고 손을 휘젓는 사람도 없고 뒤에서 수군거리는 소리도 안 들렸다. 밥장사 나간 어머니가 없는 집보다 산에 머무르는 시간이 많아졌다.

동네 뒷산에는 할미꽃이 많았다. 지천에 널린 게 할미꽃이었다. 초봄부터 여름이 다 갈 때까지 지천으로 피어 있었다. 혼자 산에서 놀다가 심심할 때 꽃 앞에 쪼그리고 앉아서 가만히 들여다보면 밑자루 있는 데가 불그스름하게 보였다. 고개 숙이고 외진데에 피어 있는 할미꽃이 꼭 남의 신세 같지 않아서 한참을 보다가 꽃대를 꺾어서 머리에 꽂고 산을 여기저기 돌아다녔다. 할미꽃을 귀 옆에 꽂고 좋다고 집에 돌아오면 어머니는 늘 같은 말을 했다. "너도 늙으면 할미꽃 된다." 그때는 픽 웃고 말았는데, 지금 생각해 보면 세상 보려고 나온 생명인데 그리 꺾어 되느냐고 안 쓰러워하던 어머니 마음을 이제는 알 것만 같다. "병든 어린 딸이 무심코 꺾은 그 생명이 그냥 예사로 보이지 않으셨던 게야. 그리 함부로 꺾다가 혹시라도 나한테 안 좋은 일이 생기모 어쩔까 걱정이 앞섰던 게야."

열다섯 살이 되니 그나마 학교에 가기도 힘들어졌다. 동네 사람들도 학교 선생님도 모두 수산나 씨를 동네에 두지 말고 어디든지 보내라고 매일 어머니를 찾아와서 졸랐다. 어머니는 수산나 씨를 안 보내려고 애를 썼지만 상황은 점점 나빠졌다. 어머니가 사람들에게 시달리는 것을 보던 단골 장꾼이 수산나 씨를 애락원으로 보내는 것이 최선의 방법이라고 어머니를 설득했다. "우리 엄마가 해주는 국밥을 먹으러 오던 단골 중에 손상이라는 떠돌이 곡식 장수가 있었는데, 그 양반이 애락원을 말해 줬어. 열서너 살 때부터 말해 줬는데 우리 어머니가 안 보낼라고 모르는 체했거든."

더는 못 버티고 초등학교 5학년까지 다니다가 애락원으로 갔다. 어머니 손을 잡고 애락원으로 갔는데 문 앞에서 헤어져야 했다. 환자가 아닌 사람은 가족이어도 애락원으로 들어갈 수 없었기 때문이다. 애락원 문을 가운데 놓고 모녀는 손을 놓지 못하고 꼭 잡고 있었다. 보다 못한 직원이 나서서 강제로 꼭 잡고 있던 손을 떼어 수산나 씨를 문 안으로 들이밀어 넣고 문을 잠갔다. "나는 문 안에서 우리 어머니 보고 우리 어머니는 문 밖에서 나를 봤다." 담도 아니고 문을 가운데 놓고 들어가지도 못하고 나가지도 못하고 그렇게 서로 바라만 봤다. "돌아가야지. 어머니는 집으로 돌아가야 하고 나는 애락원으로 들어가야 하제." 어머니는 가면서 돌아보고 몇 발자국 가다가 또 돌아보고 했다. 어린 수산나는 어머니가 안 보일 때까지 서서 그냥 물끄러미 보고만 있었다.

수산나 씨 기억 속의 어머니는 여걸이었다. 실수가 없었다. 손끝이 야무져서 바느질도 잘하고 음식도 맛깔스럽게 잘했다. 동네 큰일이 있으면 뽑혀가서 음식을 만들고는 했다. 집에서는 떠돌이 장사꾼들을 상대로 하숙을 하고, 고령 장이 서는 날이면 장에 가서 국밥을 팔았다. 장사꾼들은 장을 따라 다니기도 하고 물건을 지고 여기저기 다니다가 동네 가까이에 오면 꼭 어머니를 찾아왔다. 오빠가 있었다. 오빠는 초등학교 나와서 대구에서 포목 장사를 했다. 동생은 일본에서 대학까지 나왔다. 어머니하고 오빠가 열심히 일해서 수산나 씨 병원비랑 동생 학비를 댔다.

수산나 씨는 경북 고령이 고향이다. 주민등록증에는 1921년 1월 5일로 되어 있는데, 원래는 1919년 1월 5일(양력)이다. 어머니로부터 홍진으로 예방접종을 했다는 말은 들었다. 그때는 어린 아이들이 여러 질병으로 많이 죽었다. 그래서 두 돌을 지내고 호적에 늦게 올렸을 거라고 했다. 어머니가 해주던 음식 중에 가죽자반이 있었다. "가죽을 뜯어서 살짝 데쳐서 말리거든. 살짝 말려야 돼. 약간 꼽꼽하게 마르모 밀가리 풀을 이파리 사이사이에 넣어서 잎을 반듯하게 만들어. 그 위에 찹쌀풀을 멕이는데, 그 찹쌀

풀은 찹쌀하고 고추하고 소금을 넣어서 빻아서 만들어. 찹쌀풀을 서너 번 덧발라 줘야 해. 마지막 풀이 또 꼽꼽하게 되모 통깨를 뿌리고 말려서 단지에 차곡차곡 재여 놔."

매워서 헥헥거리면서도 훔쳐 먹고는 했다. 매우니까 병에 안 좋다고 어머니가 못 먹게 했지만, 어머니 몰래 하나씩 꺼내 먹었던 그 맛이 자꾸 생각나고 먹고 싶다. "여린 가죽 이파리를 소금물에 절여 꼭 짜서 말린 후에 고추장 양념해도 맛있다. 그것 말고도 갈치가 참 맛있었다. 명태도 맛있고 함흥에 청어가 많이 났는데 그 청어도 맛이 있지. 아, 참 김밥도 맛있다." 입안이 아파 물에 씻은 김치로 죽을 먹으면서부터 부쩍 어린 날에 먹었던 먹거리를 자주 이야기했다. 기억을 되살려 이야기하는 것만으로도 입안에 그 맛과 향이 돈다고 했다.

애락원은 플래처 목사가 설립한 병원으로 '대구 나병원'으로 알려져 있다. 애락원에서 보이는 산 위에는 고아원이 있었고, 후문으로 가면 기념관이 있었다. 당시 애락원에는 겉으로 보기에는 병 표식이 안 나서 밖으로 다니며 필요한 물건들을 구입하기도 하고, 환자들에게 전송되어 오는 돈을 찾아주는 일을 하며 '장꾼' 으로 불리는 사람이 있었다. 일반 환자들은 애락원 출입문을 나서지 못했지만 그 사람은 수시로 밖으로 다닐 수 있었다. 애락원에는 평옥과 구 2층집으로 불리는 건물이 있었다. 평옥은 단층집인데 여자 환자들이 지냈다. 구 2층집은 오래된 2층집이라서 그리 불렸는데 남자들이 살았다.

사는 곳은 달라도 애락원 마당은 같이 사용하는 관계로 그 장꾼을 자주 마주쳤다. "그 사람은 발이 좀 시원찮았다. 나는 사람들이 오물짜 같다고 했다. 나는 손이 좀 그랬고, 그때도 이쁜 기 아이라 오물짜라고 그리 부르더라." 애락원에 같이 있던 그 남자의 누나가 자꾸 수산나 씨를 불러냈다. 마당 구석으로 가면 그 남자가 기다리고 있었다. 수산나 씨는 애락원 안에서 연애를 했다. 시간이 흐르고 옆에 있는 사람들도 다 알게 되었다. 그 사람은 밖에 나갔다 들어오면 수산나 씨에게 꼭 뭔가를 사다 주었다. 그리고 밖에서 보고 온 많은 것들을 이야기해주었다.

사랑이 무르익으면서 두 사람은 철문을 타고 살짝 넘어가서 영화관에도 가고, 손을 잡고 사람이 드문 골목길을 걸었다. 어느 정도 시간이 지나자 애락원에서는 가족이 신청하면 외박이 허용되었다. 수산나 씨가 외박을 나가는 날이면 그 사람도 일거리를 만들어 밖으로 나왔다. 결혼하여 대구에서 가정을 이룬 오빠 집으로 외박을 간 날이면 두 사람은 마치 아무 일도 없는 사람들처럼 두 손을 맞잡고 시간을 보냈다. 만나는 장소는 말하지 않아도 어느 때부터인가 서문시장으로 정해졌다.

"그 사람은 병표가 없으께, 그리고 원에는 이런 저런 일들이 많으니까 내가 외박 나가는 날에는 지도 뭔 핑계를 만들어서 나오는 거지. 오빠 집에 가서 저녁 묵고 나오모 서문시장가에서 기다리고 있거든. 거기 가서 만났다."

미처 말하지 못하고 외박을 나오는 날에도 오빠 집에서 저녁을 먹고 혹시나 하는 마음으로 서문시장에 가면 그 사람은 그곳에서 항상 기다리고 있었다. 두 사람은 대구극장에서 영화를 봤다. 어쩌다 그 사람이 일을 보러 가는 곳이 대구시장 근처가 아닐 경우에는 역 앞에서 만나기도 했다. 하지만 한 번도 수산나 씨가 그 사람을 기다린 적은 없었다. 데이트 코스는 변화가 없었다. 영화를 보고 저녁을 먹고 걸었다. 본 영화를 또 보아도 관계없었다. 둘이서만 있을 수 있다는 것, 두 사람의 마음이 함께 있다는 것만으로도 영화는 새로운 감흥으로 다가왔기 때문이다.

"그렇게 속절없이 지내는데, 애락원에 김진옥이라는 친구가 있었다. 함흥 사람인데 우찌우찌해서 애락원에서 지내고 있었다. 그 친구가 그러는 기라. '흥남으로 가라. 니 정도면 흥남 가서 살모 아무도 나환자로 안 본다. 나는 손만 표가 좀 나니까 그리로 가모 아무도 모른다.' 그러는 기라. 그 우쪽에는 손에 화상 입은 아이들이 많아서 나도 화상 입어서 그리 된 줄 알 거라고 하더라."

홍남이 어떤 곳인지, 거기서 무엇으로 어찌 먹고 살 것인지는 문제가 되지 못했다. 다른 사람들의 눈치 안 보고 손가락질 안 받으며 함께 있을 수만 있다면 지옥도 무섭지 않았다. 그 사람은 애락원의 일을 보러 나가서 그 길로 먼저 홍남으로 갔다. 수산나 씨는 퇴원 수속을 마치고 한 달 후에 어머니와 오빠와 함께 기차를 타고 홍남으로 갔다. "나 시집보낸다고 우리 엄마랑 오빠가 이것저것 좀 장만해서 같이 간 거라." 그 사람은 수산나 씨를 기다리면서 한 달 내내 하루도 안 빠지고 홍남역에 나와서 하루 종일 기다렸다고 했다. "내가 언제 올지 정확하게 모르니까 그리 한 거지. 매일 나와서 기차가 올 때마다 뛰어와서 찾다가 없으모 다음 기차가 올 때까지 노래를 부르며 왔다갔다하면서 기다렸다 카더라."

"오늘도 걷는다마는 정처 없는 이 발길 지나온 자죽마다 눈물 고였네 선창가 고동소리 옛님이 그리워도 나그네 흐를 길은 한이 없어라 타관 땅 밟아서 보니, 아이고, 이 노래만 들으모 지금도 눈물이 난다. 허허허, 내가 안 올까 봐 불안해서 이 노래를 자꾸자꾸 불렀다고 하더라."

그렇게 많은 세월이 흘러도 가요무대에서 이 노래가 나오면 수산나 씨의 마음은 마냥 좋다. 노래를 살짝 따라 부르면 옛 추억이 생각나고, 그때가 꼭 지금처럼 생생하게 눈앞에 펼쳐진다. 애락원에 열다섯 살에 들어가서 스물세 살에 나와 스물네 살 1월에 흥남에서 결혼했다. 수산나 씨의 오빠가 흥남에 머물면서 신접살림 차리는 것을 돕고, 인맥을 동원하여 그 사람을 흥남지서에 취직시켰다. 혼인식 후에도 오빠는 쉽게 흥남을 떠나지 못하고 아침저녁으로 수산나 씨를 살피고, 그 사람이 새로운 직장에 탈 없이 적응하는 걸 보고 대구로 갔다. 오빠의 보살핌과 어머니가 놓고 간 돈이 있어 먹고 사는 것은 별로 어렵지 않았다.

흥남은 추워도 너무 추웠다. 방과 부엌을 구분 짓는 제대로 된 벽 대신 간단한 문으로 방과 부엌이 구분되는 구조였다. 특이한 것은, 난방을 위하여 솥의 반은 부엌에 반은 방 안에 들어와 있었다. 솥을 데우기 위하여 불을 지피는 아궁이는 부엌에 있지만 솥은 방 안에 있는 형상이었다. 남쪽 지역과 달리 군불을 때서 방을 뜨겁게 하는 것으로는 난방이 제대로 안 되기 때문이다. 부엌에서 불을 때면 자연히 방에까지 아궁이의 열기가 전달되어 아궁이는 방의 난로가 되고, 솥에서 나는 김은 방의 습도를 맞추면서 방 안 온도를 올리는 데에도 큰 역할을 했다. 기어다니는 아이들이 손에 화상을 입는 구조였지만, 밖에서 방으로 들어오려면 부엌을 거쳐야 하니 부엌은 늘 청결하고 깨끗했다.

그러다 보니 흥남에는 화상으로 손가락이 오그라든 사람들이 많았다. 수산나 씨의 손가락 문제는 그런 사람들에 비하면 심하지 않았다. 시장에라도 가면 사람들이 "아이고, 새댁이 욕 봤겠네." 하고, 또 "어쩌다 이랬을고, 쯧쯧쯧." 하며 수산나 씨를 안스러워했다. 흥남에서 사는 동안은 수산나 씨가 한센병에 걸렸다고 생각하는 사람들이 없었다. "그러니 마음 편하게 살았다. 좋았지. 좋은 사람하고 사니까…… 그 사람도 겉으로 표가 안 나니까 아무도 우리를 그리 안 봤거든. 그러니 밖에도 맘대로 다니고, 그랬다."

드디어 해방이 되었다. 해방이 되니 고향에도 가고 싶고 가족들도 만나고 싶었다. 오늘 내일 하며 언제 떠날지를 결정하지 못할 때, 이웃 사람들이 삼팔선이 그어져서 시간이 지나면 못 가니하루라도 빨리 남쪽으로 가라고 말했다. 더는 망설일 수가 없어서 서둘러 만반의 준비를 마치고 나니 이미 삼팔선은 봉쇄되어 있었다. 유일하게 일반인이 다닐 수 있는 통로는 바다뿐이었다.

당시 배가 짐을 싣고 남쪽과 북쪽을 왕래하고 있었는데, 그 짐들 사이에 사람들이 숨어서 남쪽으로 갈 수 있었다. 속초에서 만나기로 하고 남편만 먼저 짐 보따리 사이에 몸을 숨겨 배를 타고 남쪽으로 갔다. "먼저 갈라고 간 게 아이라. 얼매나 걱정하면서 갔다고. 가기 전날 밤에 한 숨도 안 자고 내만 보고 있더라."
그렇게 떠난 남편의 모습을 수산나 씨는 보물처럼 가슴에 안고
있었다.

연년생의 두 아이와 임신 칠 개월을 넘기고 있는 수산나 씨는
남편과 함께 갈 수 없었다. 네 살, 세 살 연년생인 두 아이가 그 짐
보따리 속에서 소리도 내지 않고 몇 시간 동안 배를 타고 가야 하
는 건 불가능했기 때문이다. 남쪽 해역에 도착하기 전까지 바다
에서 수시로 소련군의 검문을 받는 선장이 어린아이 둘과 배가
만삭에 가까운 수산나 씨를 태워줄 리 만무했다. 아이가 울기라
도 하고 보채기라도 하면 숨어 있는 사람들 모두 들켜서 바다 귀
신이 될 판이니 수산나 씨와 아이들은 어찌하든지 육로를 통해
남쪽으로 내려와야 했다.

혹시 중간에서 도적을 만날까 봐, 또 검문에 걸려도 거지 행색
이면 피해갈 수 있다고 해서 일부러 남루하게 보이기 위해 흥남
에서부터 떨어진 광목치마를 입고 보따리를 이고 어린 두 아이의
손을 잡고 길을 떠났다. 그 길에서 큰아이를 가슴에 묻었다. 불평
한 마디 없이 혹시라도 놓칠세라 수산나 씨의 치마 끝자락을 꼭
잡고 걷던 아들이 시름시름 열이 나기 시작했다.

그 상태로 걷다 보면 아이가 까무러치기도 했지만 수산나 씨
가 할 수 있는 일은 업고 길을 걷는 것뿐이었다. 약국이나 병원에

들렀다가 혹시라도 남쪽으로 가는 것을 눈치 채고 신고라도 할까 두려웠다. 아픈 아이를 업고 한 아이에게 치마 끝자락을 잡히고 만삭의 몸으로 짐보따리를 이고 걷는 길은 끝이 없었다. 어디인 지도 알 수 없어서 지명도 말할 수 없는 곳에 큰아이를 "막대기로 대충 파서 묻었다."

떠나간 아이를 위해 곡 한 번 하지 못했다. 근처에 흐르는 냇 가에서 맑은 물 한 주먹 떠와서 뿌려주고 연천에 도착했다. 연천 에서 밥을 먹기 위해 들어간 식당에서 남쪽으로 가는 길을 물었 다. "그러니까 주인이 이남 갈라모 논둑을 타고 가야 한다고 길 을 요리조리 가서 어찌 어찌 가라고 가르쳐 주더라. 그러면서 하 는 말이 저기 가다 보모 꼭 지나야 하는 다리가 나오는데, 그 다 리 밑에는 소련 군인들이 지키고 있는데, 들키모 그 자리에서 바 로 총알 맞는다고 조심하라고 일러주는 기라." 밥을 먹고 해는 지 는데 어찌 가야 할지 막막해서 하늘만 보고 있었다.

어스름이 깔릴 때쯤 한 무리의 여인들이 커다란 보따리를 이 고 여남은 살 먹은 남자아이를 데리고 식당으로 들어왔다. "주인 이 저 사람들이 이남으로 장사를 다니는 사람들이니까 따라가모 될 거라고 일러주더라. 그래 그 사람들에게 나도 이남 가야 한다 고 데려가 달라고 했지. 어린 머스마가 딸려 있어서 말을 했지, 어 른들만 있었으면 말 못했다." 그 여인들은 남과 북을 오가며 남과

북에 없거나 귀한 것들을 사서 이고 지고 다니며 파는 보따리 장사를 하는 사람들이었다. 그 사람들이 데리고 있던 작은 남자 아이도 돈을 받고 남쪽으로 데려가는 중이었다.

딱한 사정을 듣더니 동행을 허락해 주었다. 안심하자 잠이 몰려와 살짝 잠이 들었는데, 흔들기에 일어나보니 캄캄했다. 임진강에 가서 배를 타고 해뜨기 전에 남쪽 강가에 도착해야 하는 일정이었다. 새벽 2시에 자는 애를 깨워서 밥 먹이고 장사꾼들을 따라나섰다. "캄캄한 밤에 어데가 어덴지도 모르겠는데, 그 사람들은 여러 번 다녀 놓으니까 잘 가대. 나는 배는 부르고 보따리는 이고 아 손을 잡고 한 번도 가본 적이 없는 길을 죽을 동 살 동 따라 갔다. 그 사람들을 놓치모 오도 가도 못하는 기라."

"새댁이 걸음이 와 그리 느리네." 하면서 어서 가자고 재촉은 해도 수산나 씨를 두고 가지는 않았다. "근데 그 머스마 덕분에 내가 따라 붙었지. 여남은 살 먹은 아아가 얼마나 잘 걸을 수 있겠노. 허허허 그 머스마 덕을 좀 봤다." 끝이 없는 산길을 밤새 걷고 또 걸었다. 저 멀리서 해가 떠오르기 직전에 뿌옇게 주변이 보이는데, 옆에 있던 한 여인이 한탄을 했다. 사방을 둘러보니 밤새 동네 뒷산만 뱅뱅 돌다가 출발했던 그 장소에 와 있었던 것이다.

"하하하, 참 지금은 웃음이 나온다. 그때는 앞이 캄캄했지. 임진강으로 가서 배를 타야 하는데, 그 배를 못 타면 이남으로 못

가는 거야. 육로로 걸어서는 소련군 총알에 죽을 판이고."죽을 힘을 다 해서 산길을 다시 걸었다. 새벽녘에 산으로 산으로 얼마나 걸었을까. 해가 떠올라서 사방이 밝아지기 시작했다. 배를 몰래 타고 임진강을 건너 남쪽으로 가면, 그 사공은 사람들을 내려주고 북쪽으로 돌아가야 하기 때문에, 시간을 맞추어가지 못하면 사공은 집으로 돌아가 버린다. 그러면 미리 준 배삯은 돌려받지 못하고 하루 동안 몸을 숨기고 있으면서 다시 사공을 물색해야 했다. 모두 숨도 제대로 쉬지 못하고 뛰었다.

"죽어라고 따라갔다. 하이고, 말 못한다. 고무신을 신고 있었는데 발은 부르트고 퉁퉁 붓고, 그래도 그 발로 죽어라고 따라 붙었다. 딸아를 업었다. 보따리를 이고 죽는지 사는지도 모르고, 어데가 어딘지도 모르고 그 보따리 장사꾼들을 안 놓치려고 허겁지겁 따라 붙었다. 배는 부르지 아아는 업었지 보따리는 이고, 참말로 그 머스마가 은인이라. 갸는 지금 어데서 우찌 살고 있을꼬."

저 멀리 임진강이 보이고 허겁지겁 배에 올라탔는데, 사방이 너무 훤해서 숨이 멎을 것만 같았다. 막 배에서 내리던 사공은 한탄을 했다. 배도 마음대로 강을 건너지 못하던 시절이었다. 오로지 소련군의 허가를 받은 배만 화물을 싣고 바다로만 다닐 수 있었다. 조마조마한 마음으로 배를 타고 건너편 임진강에 도착하자 강을 건너오는 배를 보고 있던 남쪽의 순경들이 다가와서 부축해 주었다. "어서 오시오 하면서 환영을 하더라고. 참말로 이남에 왔다 싶대. 인자 거기서 화폐교환을 해주더라. 북쪽 돈하고 남쪽 돈하고 다르니까 교환을 해야지. 북쪽으로 가는 사람하고 남쪽으로 온 사람들하고 서로 갖고 있던 돈을 다 바꿨다." 사공은 남쪽 순경들의 묵인하에 밤에 그 여인들을 싣고 돌아가기로 했다.

고마운 사람들과 헤어진 수산나 씨는 순경의 조언을 받아 동두천으로 갔다. 동두천으로 가는 길은 꼭 가리마 같았다. 차가 없어 걸어가는데 비가 내리기 시작했다. "고무신 안에 물이 차서 걸을 때마다 철컥철컥 하고, 이미 통통 부어 있는 발은 인자 고무신 안에서 불어터져서 피고름이 신 안에 흥건했다. 애기 업은 두데기(포대기)까지 물이 줄줄 흐르고, 힘든 거는 말로 다 못한다. 그래도 가야지." 그곳에는 북쪽에서 넘어오는 사람들을 위한 임시 수용소가 있었다. 간단한 신원 조사와 함께 예방주사를 맞고 어디로 갈 건지 행선지를 묻고 가는 방법도 알려주었다. 많은 사람들이 동두천 수용소에서 전국으로 흩어지고 있었다. 수산나 씨는 대구로 가기로 했다. 친정으로 가서 숨을 돌린 후에 남편과 만나기로 약속한 속초로 떠날 생각이었다.

대구로 가기 위해 동두천역으로 갔다. 기차역에는 발디딜 틈

없이 기차를 기다리는 사람들로 가득 차 있었다. 동두천역에서 서울역으로 가야 부산 가는 기차표를 끊을 수 있었다. 네 살 먹은 딸에게 가지고 있던 보따리를 맡기고 신신당부한 후에 겨우 기차표를 끊고 돌아오니 보따리가 없었다. "보따리 어데 갔나 하고 물어도 딸아는 말이 없고, 옆에 있던 사람들이 어떤 할매가 와서 보따리 달라고 하니까 그만 주더란다. 그래서 저거 할매인 줄 알았다 안 카나. 그 보따리 안에 옷하고 돈이랑 다 들어 있었는데……."

동두천역에서 옷과 돈이 든 보따리를 참 우습게 도둑맞고 나니 앞이 캄캄했다. 배는 부른데 아이를 데리고 돈도 없이 대구까지 가야 하니 다리에 힘이 풀리고 아무 생각도 없었다. 그래도 대구까지는 가야 한다 싶어서 딸의 손을 잡고 일어나서 국수집으로 갔다. 서울역 가는 표 끊고 남은 돈이 50전이었다. "딱 국수 한 그릇 값이라. 우짜겠노. 국수 한 그릇 사서 딸아 먹이고 남는 거랑 국물은 내가 묵었지. 참 기도 안 차지만 그래도 가야 한다 싶어 터벅터벅 걸어서 기차를 타러 갔다." 서울역에 도착하자 대구까지 갈 일이 꿈만 같았다.

수산나 씨 친정은 당시 대구 본전통에 있었는데, 대구 가는 기차표를 구할 방법이 없었다. "딸아 손을 잡고 기운이라고는 하나도 없이 맥을 놓고 있었다. 그때만 해도 자존심은 남아 있어서 구걸도 못하겠고, 세상 물정 아무것도 모르는 어린 아이를 탓할 수도 없고……. 얼마나 살기가 험했으면 이북에서 넘어온 사람의 보따리를 뺏들어 갔을꼬 싶다가도 화도 나고 그렇더라." 그렇게 망연자실해서 서 있는데, 지나가던 아저씨가 어디 가는지 묻더니 지금 출발할 기차가 대구행 마지막 기차라고 알려주었다. 용기를 내어 사정을 말하자 대구 가는 급행표를 끊어주며 어서 가라고 등을 떠밀었다.

"기차표를 끊자 개찰이고, 개찰하면 바로 타야 했거든. 급하게 탄다고 이름도 못 물어보고 어디 사는지도 못 물어봐서 지금까지 그 은혜를 못 갚고 있다. 돈을 갚아야 하는데, 아무리 급해도 이름 성명은 물어봐야 하는데, 그리 못했다." 그날 이후 수산나 씨는 이름도 모르는 그 아저씨를 위해 틈만 나면 기도한다. 고마운 사람들은 또 있다. 기차 안에서 배가 고파 칭얼거리는 딸을 위해 여러 사람들이 자신들의 음식을 조금씩 나누어 주었다. "참 옛말에, 숭년에 부모는 굶어죽어도 아는 배 터져 죽는다는 말이 있더마 다 맞는 말이라." 수중에 돈 한 푼 없어도 딸이 먹고 싶어하는 것을 먹여가며 대구에 도착했다.

"동두천역에서 저녁에 출발해서 서울역에 도착하니까 밤이더라. 부랴부랴 기차 타서 대구역에 내리니까 새벽이대." 통행금지가 해제되는 새벽 4시까지 대구역에서 뜬눈으로 밤을 새웠다. 부모님이 여전히 대구에 계실지, 오빠가 그 집에 그대로 있을지 불안했다. 해금 사이렌이 울리자마자 자는 딸을 깨워서 역 밖으로 나왔다. "대구는 내가 살던 그대로 있더라. 그때 내 나이가 스물여덟 살이었는데, 열다섯 살에 떠나던 그대로더라." 집에 도착하자 아버지가 점포(포목점) 문을 열고 장사 준비를 하고 있었다. 오빠가 대구에서 포목점을 했는데, 아버지가 아침 일찍 문도 열고 장사 준비도 도와주곤 했다.

"'아부지, 아부지' 하고 부르니까 '내가 왜 니 아부지고? 썩 안 나가나?' 하는 거라. 가슴이 철렁 내려앉았지. 내 꼴을 보니 참 가관이라. 옷은 남루하기 말할 수 없고, 몇 날 며칠을 제대로 씻지 못했으니 거지가 따로 없어. 누가 나를 정상으로 보겠나."

임진강에서 동두천까지 140리 길을 걷고, 연천을 떠난 이후 몇 날 며칠을 제대로 씻지도 못하고 입고 있던 옷은 누더기처럼 더러웠다. 수산나 씨와 네 살 딸은 머리가 산발 직전이었다. "아부지, ○○이요, ○○이." 아버지는 비로소 수산나 씨를 알아보았다. 친정집에서 몸과 마음을 회복하자 약간의 차비를 얻어 남편과 약속한 속초로 갔지만 그 어디에서도 남편의 소식을 들을 수가 없었다.

혹시나 하며 며칠을 속초의 약속 장소에 나가 기다렸다. 흥남에서 배를 타고 온 피난민이 있다는 말을 들으면 달려가서 남편의 소식을 수소문했다. 하지만 남편을 아는 사람도, 본 사람도 속초에는 없었다. "죽었다고 생각했다. 감쪽같이 없어진 기라. 분명히 배 타고 갔는데." 실낱같은 희망을 지니고 남편에게 이야기 들었던 시댁을 찾아갔다. 남편에게 불행한 일이 있었으면 그곳에서 아이를 낳고 호적에 올리고 싶기도 했다.

천신만고 끝에 남편을 찾아갔을 때에 남편에게는 또 다른 아내가 있었다. 발병하기 전에 이미 혼례를 치른 아내가 있었지만 남편은 한 번도 말한 적이 없었다. 분명히 남편과 시누이가 절차에 따라 청혼했기 때문에 어머니와 오빠가 애락원으로 와서 남편의 누나와 상견례를 했으며, 이후 혼수품을 주고받고 정식으로 혼례식을 올리고 부부로 살았건만 남편의 호적에는 수산나 씨의 이름 석 자가 없었다. 한센병이 완치된 남편은 비한센인인 본처와 살고 싶어했고 어린 딸과 만삭의 아내를 보호하지 않았다. 수산나 씨는 시댁에서 3일 동안 눈칫밥을 먹으면서 더 이상 남편 곁에 머물러 있을 수 없음을 알고 미련 없이 남편 곁을 떠났다.

아이 딸린 만삭의 한센인 여성이 갈 곳은 소록도뿐이었다. 당시의 소록도는 불법적인 단종이 횡행하고 운 좋게 아이가 태어나도 탯줄 달린 채 대야에 담겨 화장장이나 보육원으로 보내지던 엄혹한 공간이었다. 만삭이어도 임신 사실이 발각되면 즉시 낙태가 행해지던 그곳에서 수산나 씨는 태중의 아이를 보호하기 위해 매일매일 칼날 위에 서 있었다. 1948년 소록도에 갈 때 일부러 딸을 포대기로 업고 옷보따리를 배 앞으로 들어 만삭의 배를 감추었다.

오빠가 가지 말고 함께 살자고 달랬지만, 오빠네 가족을 생각하면 그럴 수 없었다. "우리 오빠가 나를 얼매나 예뻐했다고. 올케도 같이 살자 하대." 그래도 수산나 씨는 친정 식구 곁에 머물고 싶지 않았다. 남편으로부터 버림받았다는 사실만이 수산나 씨의 머릿속을 떠나지 않았다. 당시 입으로 전해지는 소록도의 소문에 수산나 씨는 두렵기만 했다. 그래도 가기로 마음먹었다. "거기는 무서운 곳이라. 나는 거기서 한 4년 살았어. 1952년도에 나왔어. 그래도 기억은 생생해."

가장 끔찍한 기억은 감금실이다. "그때 소록도에는 감금실이 있었는데, 딱 가마니 한 장 크기라. 화장실은 뭐 그냥 구멍만 하나 파놓은 거고, 창문이라고는 밥그릇 정도 크기로 있었어. 밥이라 해야 주먹밥 하나를 공기에 담아서 그 구멍으로 밀어넣어 줬지. 말썽을 일으키거나 말 안 들으면 감금실에 보내는데, 살아나온 사람보다 죽어 나온 사람이 더 많았지. 죽어도 곱게 땅에 못 묻히고, 일단 죽으면 모두 해부하고 화장해 버렸어." 행여 그곳으로 끌려갈까 봐 수산나 씨는 딸을 옆에서 떼어놓지 않았다. 출산일이 다가오자 들킬까 봐 노심초사했지만, 다행히 무사히 아들을 낳고 품에 안았다.

소록도에 들어온 지 3년이 지날 즈음 딸은 강제로 보육원에 보내졌다. 아들이 네 살이 되자 아들마저 보육원에 보낼 수 없어서 오빠와 남동생의 도움을 받아 딸과 아들을 데리고 소록도에서 나와 남편과의 기억이 남아 있는 애락원으로 다시 갔다. 애락원에서 딸을 잃었다. 그때부터 수산나 씨의 감정은 무뎌졌다. 기쁨과 슬픔이 늘 함께 한다는 것을 온몸으로 체득했기 때문이리라. "좋은 일도 없고 나쁜 일도 없고 기쁜 것도 없고." 모든 것이 무미건조한 나날이 지속되었다.

수산나 씨는 언제나 혼자였다. 아들이 성인이 되었을 때 경상북도 의성군 다인면 신라리에서 혼자 살다가 마음 좋은 남자를 만났다. "이북에서 혈혈단신으로 넘어온 영감을 만나서 같이 살았다. 서로가 참 잘했다. 평양에서 넘어왔는데, 여기는 아무도 없이 혼자였어." 두 사람은 좀 더 나은 곳을 찾아서 경주 희망촌으로 갔다. 부지런하고 다정한 남자였다. 5~6년 같이 살다가 1994년도에 다시 혼자가 되었다. 칠곡의 피부과 병원인 엠마병원 원장의 소개로 1996년도에 산청성심원으로 왔다. "편하고 따습게 살고 있다. 여게 오기 전에는 참 힘들었다." 몸은 편안하고 따

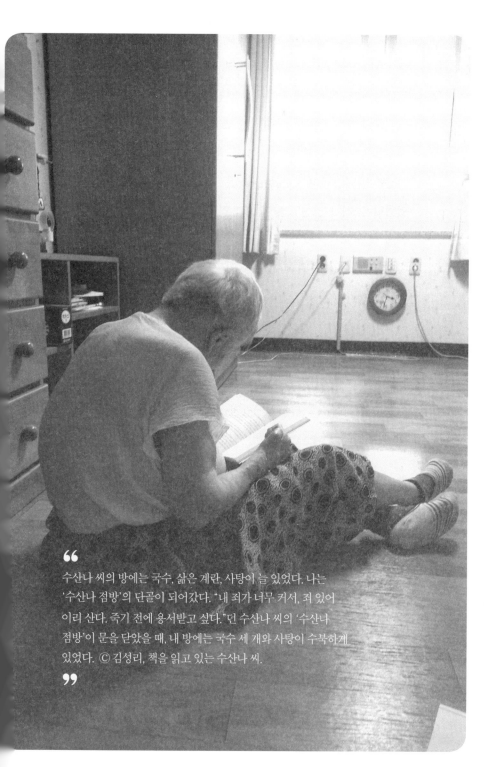

66

수산나 씨의 방에는 국수, 삶은 계란, 사탕이 늘 있었다. 나는 '수산나 점방'의 단골이 되어갔다. "내 죄가 너무 커서, 죄 있어 이리 산다. 죽기 전에 용서받고 싶다."던 수산나 씨의 '수산나 점방'이 문을 닫았을 때, 내 방에는 국수 세 개와 사탕이 수북하게 있었다. ⓒ 김성리, 책을 읽고 있는 수산나 씨.

99

뜻해졌지만 그에 비해서 마음은 점점 비어갔다.

일 년 365일 하루 24시간, 오로지 아들을 그리워하고 영민한 손자들을 자랑스러워하며 시간을 죽이며 지내고 있었다. 어쩌다 아들이 다녀가면 마치 세상을 얻은 것마냥 목소리에 힘이 들어가 있었다. 그러나 자신의 삶이, 한센인 어미의 삶이 아들의 삶을 힘들게 할까 봐 자신의 이름을 절대 나타내지 말 것을 신신당부했다. 그렇게 수산나 씨의 이름 석 자는 어디에도 존재하지 않게 되었다. 두 남편의 이름 곁에도 아들의 이름 곁에도 수산나 씨의 삶에도 수산나 씨의 이름은 없다.

수산나 씨의 시력은 나날이 나빠졌다. 삶은 계란이 시력 회복에 도움이 된다는 말을 어디선가 듣고 매일 계란을 삶고 있었다. 넉넉하게 삶아서 직원들에게도 주고 옆의 친구들과도 나누어 먹었다. 입안이 아파 물만 부으면 되는 국수를 사다놓고 밥 대신 먹기도 했다. 수산나 씨의 방에는 국수, 삶은 계란, 사탕이 늘 있었다. 나는 '수산나 점방'의 단골이 되어갔다. "내 죄가 너무 커서, 죄 있어 이리 산다. 죽기 전에 용서받고 싶다."던 수산나 씨의 '수산나 점방'이 문을 닫았을 때, 내 방에는 국수 세 개와 사탕이 수북하게 있었다.

——"그 사람은 참 고왔어요."

요한 씨는 자주 먼 산을 물끄러미 바라본다. 한참을 바라보다 한숨을 쉬고 천천히 움직인다. 한숨도 크게 쉬지 않는다. 가까이에 있어야 들릴 정도이다. 지난해 추석 때 넘어져서 다친 손이 낫지 않아 여전히 손에는 붕대를 감고 있다. 9월 18일 추석에 넘어져 산청의료원에서 검사를 하고 수술을 위해 진주 제일병원으로 갔는데, 의사가 없어서 기다리다 9월 21일에서야 수술을 했노라고 한다. 계단에서 순간 어지러워 발을 헛디디며 넘어질 때 짚은 손의 뼈가 골절된 것이다. 진주 제일병원 8층에서 10일 동안 입원해 있었다고, 참 갑갑해서 혼났다고 작은 목소리로 병상에서의 일들을 들려주며 나를 물끄러미 바라보고 있다.

"나는 경북 성주 수령면이 고향이라요. 열여섯 살 때 이 병 걸린 거 알았지. 나는 유복자로 태어났어요. 울 아부지가 5월에 모 심다가 윽 하고 가셨다 하대요. 어릴 때 어머니도 가시고 형님 손에서 자랐심더."

어머니의 얼굴은 기억에도 없다. 요한 씨에게 부모는 큰형님과 형수님이었다. 열여섯 살 때 우두 접종을 하러 갔을 때에 검진

하던 의사가 한센병 감염이라고 진단을 내렸지만, 약을 처방해 주지는 않았다. 언제부터인가 손의 감각이 둔해지고 있었지만 자신이 한센병에 걸렸을 거라고는 상상도 못하고 있었다. 집으로 돌아와 큰형님에게 의사의 말을 전하자 그 길로 용하다는 의원에게 데려갔다. 침을 맞고 감각이 둔한 손에 마늘을 찧어 붙이는 치료를 받았다. 며칠이 지나자 마늘을 찧어 붙였던 자리는 마치 화상을 입은 것처럼 상처가 나 있었다.

그래도 나을 수 있다는 의원의 말을 믿고 7개월 동안 매일 30리를 걸어가서 치료를 받았다. 형님과 형수님은 싫은 내색 한 번 없이 요한 씨에게 입단속을 하며 뒷바라지를 했다. 심지어 치료비를 내기 위해 정성을 다해 키우던 소를 끌고 나가 만 원이라는 거금을 마련해 왔다. 때로는 형님과 형수님이 쌀을 이고 지고 30리 길을 동행하여 의원에게 가져다주기도 했다. 손의 감각은 더 둔해져서 치료 과정에서 생긴 상처에 대한 통증을 느끼기 어려웠다.

연세 많은 할머니는 요한 씨의 병세가 나아지지 않자 다른 동네에 가서 치료받기를 원했다. 그리고 같은 증세를 가진 사람이 있는지 동네 사람들에게 물어보라고 큰형님 내외를 아침저녁으로 나무라기 시작했다. 혹시라도 할머니가 동네 사람들에게 요한 씨의 증세를 묻고 다닐까 두려웠던 큰형님은 다 나았다는 거짓말을 했다. 발 없는 말이 천 리 간다고 그렇게 조심하고 또 조심했지만 동네 안에 소문은 서서히 퍼져 나갔다. 하루는 지서에서 하루는 면에서 사람들이 다녀갔다.

면사무소 직원이 데리고 온 의원이 한센병인 것 같다는 말을 하면서 성주 경찰서로 연행되어 갔다. 논에서 일을 하던 큰형님 내외는 일하다가 성주 경찰서까지 쫓아와서 애원했다. "부모 얼굴도 모리는 동생이라고, 불쌍한 내 동생이라고, 순경 바지를 잡고 울대요." 요한 씨는 유치장 안에서 몸부리치며 우는 형님의 모습을 보았다. 큰형님은 내일 데리고 올 테니 오늘 저녁만이라도 집으로 갈 수 있게 해달라고 했지만 소용없었다. "내일 아침에 일찍 오꾸마. 걱정하지 마라." 하며 큰형님 내외는 순경에게 끌려 지서를 나갔다.

요한 씨는 끌려나가던 큰형님의 그 뒷모습을 70여 년이 지난 지금도 잊을 수가 없다. 깜박 잠이 들었나 싶은데 순경이 거칠게 발로 차며 깨웠다. 영문도 모른 채 끌려나오니 아직 캄캄한 밤인데, 차가 한 대 지서 마당에 있었다. 순경들이 요한 씨를 차에 억지로 밀어넣을 때 비로소 자신이 어디론가 끌려간다는 것을 인지했다. "형님이 해뜨기 전에 오마 했는데, 그놈들이 우리 형님 오기 전에 나를 들어낼라고 그런 거요." 두려움에 형님을 보고 가겠다는 말이 나오지 않았다.

중간중간에서 19명을 태운 차는 사방이 뿌옇게 보일 때쯤 멈추었다. 대구 애락원이었다. 그곳에는 곳곳에서 끌려온 한센인들이 90명 정도 모여 있었다. 밖에 나가지도 못한 채 건물 한 쪽에 몰려 있다가 하룻밤을 잤다. 새벽이 되자 번호표를 나누어 주었다. 이름도 성도 필요 없었다. 단지 번호로만 불러서 있는지 없는지만 확인하고, 7대의 트럭에 나누어 태웠다. 트럭 안에는 냄새가 진동했다. 어디로 가는지도 모른 채 트럭에 실려 가는 동안 어쩌다 마주치는 사람들은 못 볼 것을 본마냥 서로 고개를 돌리거나 주먹을 휘둘렀다.

트럭 안의 사람들은 아무도 입을 열지 않았다. "도살장으로 가는 소였지, 뭐." 트럭 안에는 죽음에 대한 공포만이 있었다. 자신을 찾아왔을 큰형님과 형수님 생각에 가슴이 찢어졌다. 부모 없이 자란다고 귀하게만 대해주던 할머니의 얼굴도 떠올랐다. 아무것도 모르고 자신을 따르던 조카의 얼굴도 떠올랐다. 자신이 어디로 가는지 앞으로 어떻게 될지에 대한 두려움과 형님에 대한 연민과 할머니에 대한 그리움으로 요한 씨의 심장은 터질 것만 같았다. 눈물이 흘러 얼굴을 적시는데도 닦을 여유조차 없었다.

트럭이 멈춘 곳은 대구역전이었다. 그날 기차를 처음 보았다. 화물칸이었지만 난생 처음 기차를 탔다. "기차를 타고 가는데 쪼매한 틈으로 본께 꼭 우리 동네 같아요. '행님, 나 여게 있소.' 하고 소리를 치고 싶더만." 마음과 달리 소리는 나오지 않았다. 그래도 애락원에서 하룻밤을 같이 보냈다고 같은 칸에 있는 사람들끼리 서로 이야기를 나누기도 했다. "전라도, 충청도, 그런 데서도 왔더라고. 집에 있다가 잡혀온 사람은 나뿐이고, 길에서 잡히고, 다리 밑에서 잡히고 그렇대. 근데 우리가 어데로 가는지 아는 사람이 아무도 없어."

기차가 도착한 곳은 부산진역이었다. 그곳에서 그날의 첫 끼니를 때웠다. "국밥 같은 거 갖다 주대요. 맛이고 뭐고 굶고 있었으니까 허겁지겁 묵었습니다. 터질 것 같던 오줌보도 비우고 하니까 좀 살 것 같대요." 정신을 차리고 둘러보니 주변에는 온통 어디선가 온 한센인들뿐이었다. 그들은 다시 트럭을 타고 영도로 갔다. 다리를 지나갈 때 비로소 한센인들은 웅성거리기 시작했다. "우리를 바다에 빠자는 거 아인가 싶었습니다. 옛날부터 죽기 전에는 배불리 밥 묵인다고 하더니, 우리는 이제 전부 물고기 밥이 되는갑다 싶었습니다."

영도 바닷가에 도착해서 한참 있으니 기관배 한 대가 왔다. 배를 대는 그곳에는 일본인 순사도 있었다. "아무것도 모리고 타라고 소리 치대요. 그냥 탔습니다. 배는 우리 겉은 사람들로 꽉 찼습다." 일찍 탄 사람은 방으로 들어갔지만 늦게 탄 사람은 아무 곳이나 엉덩이만 붙일 수 있으면 앉아 갔다. 밥도 물도 없었다. 캄캄한 밤바다를 지날 때는 혹시라도 바다에 빠질까 봐 잡을 수 있는 것은 무엇이든지 잡고 멀미를 견뎠다. 여기저기서 배 멀미로 토하고 신음했지만 그 누구도 돌보아 줄 수 없었고, 돌봄도 받지 못했다.

배 안에서 두 번의 밤이 지나갔다. 그리고 내린 곳은 소록도였다. "소하 16년입니다. 그래도 배에서 내리니까 살았다 싶대요. 그게가 지옥인지 그때는 몰랐습니다." 넓은 선창가에서 사람들을 물건 고르듯이 그렇게 분류했다. 그곳에는 대여섯 살쯤 되어보이는 아이도 있었고, 어린아이를 꼭 안고 있는 여인도 있었다. 얼굴에 종기가 난 사람, 종기에서 고름이 흐르는 사람, 겉으로 보기에는 왜 왔는지 의문이 들 정도로 깨끗한 얼굴을 지닌 사람 등 지금까지 만나지 못했던 많은 한센인들이 있었다.

"그냥 선창가에 서서 조사를 받았습니다. 내가 집에서 끌려오던 그때 돈을 백 원 갖고 있었습니다. 다 가난하던 시절이라 그 돈도 적은 돈은 아닌데 우리 행님이 나한테는 몸이 아프다고 돈이 안 떨어지게 해줬거든요. 그 돈을 소록도 화폐로 바꿔주대요. 소록도 화폐는 소록도가 아이면 종이 쪼가리밖에 안 됩니다. 나중에야 알았는데 소록도에서 도망 못 가게 그리 했다고, 도망가도 돈이 없으니 도로 돌아와야 하니까 그랬다고 들었습니다."

소록도에서는 신생리에 배정되어 1호에 살았던 것으로 요한 씨는 기억했다. 1호에서 20명이 방 2개에 나뉘어 지냈다. 소록도에는 학교가 있어 공부를 할 수 있었다. 그나마 때때로 학교에 가서 글을 배우는 시간이 요한 씨에게는 산소 같았다. 학교에 가는 날이면 새벽에 일어나 오전 내내 하루치 일을 해놓고 점심을 먹고 학교에 가서 공부하고 오후 4~5시쯤 돌아왔다. 학교에서는 또래끼리 어울리며 지낼 수 있어서 신생리 감독관의 눈에 벗어나지 않기 위해 무던히도 노력했다.

소록도에 도착했을 당시 열일곱 살이던 요한 씨는 나이가 어리다고 밥 짓는 일을 도맡아 했다. 그외 시간에도 해야 하는 노동은 가혹했다. 가장 힘든 일은 석탄을 나르는 노동이었다. 석탄 가루를 실은 큰 배가 들어오면 하루 종일 삽으로 석탄 가루를 퍼 날랐다. 어쩌다 허리라도 살짝 펴다가 들키면 배에 있는 노가 사정없이 날아왔다. 머리에 석탄을 이고 나르던 여성 환자들도 예외는 아니었다. 요한 씨는 노에 머리를 맞아 피를 흘리면서도 석탄을 이고 나르던 여성 환자가 가끔씩 생각난다.

"하루에 세 번 배급을 줍디다. 한 홉 정도 될 거요. 굶는 건지 묵는 건지 분간이 안 될 정도로 늘 배가 고팠습니다. 같이 일에 시달리다 방으로 오모 나는 밥을 해야 하니 제대로 쉬지도 못했습니다.

참말로 꿈같은 시절입니더."

한 홉은 소두 1되의 10분의 1 분량이다. 소두 1되가 800g이니 하루 세 끼의 식량이 240g인 셈이다. 가혹한 노동과 굶주림과 수시로 당하는 폭력을 견디다 못해 소록도를 탈출하는 환자들은 끊이지 않았다. "7년 동안 소록도에 있었는데 탈출에 성공한 사람은 1명도 못 봤습니다." 조금 때가 되면 바다를 헤엄쳐서 나가는 이들이 있었다. 그러나 얼마 못 가 잡혀 오면 동료들이 보는 앞에서 죽지 않을 만큼 매를 맞은 후 감금실로 끌려갔다. 그곳은 한 번 가면 살아서 돌아올 수 없는, 공포스러운 곳이었다.

노동과 굶주림에 지쳐 마치 기계처럼 일하고 잠들고 하는 나날이었다. 고단한 몸을 누이면 큰형님과 형수님이 눈에 아른거렸다. "나를 얼매나 찾았을까요. 해뜨기 전에 오마고, 오늘 밤만 그게서 자모 데리러 온다고 그리 말하고 끌려 나갔는데, 나는 캄캄할 때 왔고. 우리 행님은 내가 소록도에 온 걸 몰라요. 알았으므 분명히 나를 찾아왔을 낀데." 언제나 잠은 눈물과 함께 왔다. 소록도에서 2년 정도 생활했을 때 큰 사건이 터졌다. 일본인 수호 원장은 구리로 자신의 동상을 만들어 하루 세 번씩 환자들에게 절을 시켰다.

"신사 참배 대신 지 동상에 참배하라고 합디다. 그때 6부락에 한 6,000명 정도가 있었는데, 조를 짜서 동상에 참배했습니다. 그래도 수호 원장은 아주 악질은 아니었고, 그 밑에 있던 사토란 놈이 진짜 악질입니다. 테두리 있는 모자를 쓰고 게걸음으로 다니면서 지한테 거슬리거나 하모, 이유도 없습니다. 그냥 그 자리에서 한겨울에도 옷을 발가벗겨 때립디다. 맞다가 죽은 환자도 여러 명이라요."

그날도 수호 원장의 동상에 참배하기 위해 아침 일찍부터 줄을 서서 기다리고 있었다. 환자들이 두 줄로 서 있으면 그 사이로 수호 원장이 큰 칼을 옆구리에 차고 입장해서 자신의 동상을 한 바퀴 돌고 내려오면 그 후부터 차례대로 동상 앞에 가서 참배를 했다. 그날도 별반 다르지 않았다. 수호 원장이 동상을 돌고 내려올 때쯤 환자 한 명이 소리를 지르며 달려 나갔다. 평소에는 원장이 나중에 내려왔는데 그날은 원장이 먼저 내려오고 있었다. 행여 칼을 놓칠까 봐 붕대를 감아 칼을 손에 고정시킨 채 수호 원장을 찔렀다.

"원래는 사토를 살해하려고 했는데 그날따라 원장이 앞에 섰네요. 그 사람은 뒤에 서 있어서 자세히 보지를 못했다고 해요. 자기가 찌른 사람이 수호 원장인 걸 알고 '사토' 하고 고함을 치면서 사토에게 달려드는데 사토는 혼비백산하고, 옆에 있던 환자들이 기를 쓰고 말렸어요. 그 사람이 우리 전부를 살렸습니더. 우에서 사람들이 내려오고, 와서는 우리를 보고 일본인인데도 기가 차는 것 같습디더. 원장 아들이 일본에서 왔는데, 우리는 인자 몇 명 죽었다 하고 있는데, 아들이 사토 멱살을 잡고 '당신이 잘못해서 아버지가 죽었다. 이 사람들은 죄가 없다. 네가 나쁜 놈이다' 그리 하대요. 일본 사람이라고 다 나쁜 거는 아입디다. 알고 보니 사토는 일본에서 백정의 오야봉이었다고 하대요. 참말로 악질이었습니더."

　그 사건이 있고 한 달 동안 소록도의 모든 환자들은 밥을 짓기 위해 취사장으로 가는 것과 공동 화장실에 가는 것 외에는 방안에서만 지내야 했다. 그 와중에서도 환자들은 죽어갔다. 소록도에는 요한 씨처럼 끌려온 사람이 많았지만, 치료를 해준다는 말에 속아 온 사람들도 제법 있었다. 그들은 애초의 약속과 달리 제대로 된 치료를 받지 못한 채 중노동에 시달리다 죽어갔다. 사토를 살해한 사람은 대구 대법원에서 사형을 선고받았다. 소록도의 참상을 알게 된 사람들과 소록도에서 한센인들을 관리하던 사람들이 여러 방향으로 애를 썼으나 사형을 면하지 못했다. 그 사람이 사형되면서 한센인들의 노동은 다시 시작되었다.
　해방이 되었다. 아무도 소록도에 있는 한센인들에게 관심을 기울이지 않았다. 일제 강점기 때보다 환경은 더 나빠졌다. 어디로 가야 할지, 소록도가 고향과 얼마나 떨어져 있는지 알 수 없었다. 그렇게 해방 후 2년을 더 버티다가 1947년도에 소록도에서 나왔다. 당시 소록도는 해방 후 북쪽에서 넘어와 갈 곳이 없어 들어오는 환자와 소록도가 끔찍하여 빠져나가는 환자들로 선착장은 인산인해였다. 7년 만에 섬을 빠져나왔지만 갈 곳이 없었다. 이미 몸은 만신창이가 되어 있었고, 그 몸으로 7년 만에 큰 형님 댁으로 돌아갈 수 없었다. 그래도 요한 씨는 운이 좋아 소록도에서 대풍자 주사를 맞고 병세가 호전되기도 했다. 그럼에도 7년 전의 모습과 다른 모습임은 분명했다.

고향 가까이에 있고 싶어 경상도 진주까지 흘러와서 구생원이 있다는 소식을 들었다. 구생원에서 첫 부인을 만났다. "소록도에서도 알던 사람인데 구생원에서 다시 만났어요. 반갑대요. 전라도 사람인데, 그 사람은 폐결핵도 있었거든요. 결핵이 있으모 이 병은 병태가 잘 안 납니더." 구생원에서 12년 동안 지냈다. 그동안 두 아이가 태어났고 아이 하나를 잃었다. 젖먹이가 열이 나고 아팠다. 주사를 맞자 갑자기 아이가 축 늘어졌고, 안절부절 못하는 사이 아이는 숨을 거두었다. 그 일이 원인이 되어 부부 사이는 냉랭해졌다. 주민등록이 없으니 부부가 헤어지는 건 쉬웠다.

1995년 음력 8월 17일 오전 11시에 사망한 두 번째 부인도 구생원에서 만났다. "해주 오 씨라요. 그 사람은, 아내는 병자 같지 않았습니다. 얼굴도 맘도 참 고왔습니다. 나는 이리 찌그러져도 그 사람은 참 고왔어요. 맘씨도 고왔고요. 그 사람도 쌍둥이 오빠하고 어렵게 살다가 출가했는데, 출가하자 사별했다고 합디다. 우에 그런 일이 있었는지, 그리 곱고 착한 사람이." 떠난 지 20여 년이 지났건만 그리움은 사그라들지 않았다. 두 눈 가득 고이는 눈물이 그리움의 강도를 말해 주고 있었다. "우리 겉은 사람도 사랑은 합니다."

요한 씨의 부인은 경남 의령군 대이면이 고향이다. 첫 남편과 사별하고 쌍둥이 오빠에게 가서 지내던 중 발병했다. 오빠에게 폐를 끼치기 싫어 무작정 집을 나와 길거리를 배회하다가 진주로 흘러들어왔다. 그 과정이 얼마나 고달팠는지 구생원 사람이 장을 보러 나갔다가 발견했을 때에는 반쯤 넋이 나가 있었다. "우리는 환자를 보면 압니다. 밖으로 보이는 병표 없어도 딱 압니다." 요한 씨의 부인은 진주 경찰서 옆에 서는 장터 구석에 쪼그리고 앉아 있었다. 머리는 거의 산발이었고, 멍하니 앉아서 사람들이 힐끔거리며 지나가도 미동조차 없었다. 구생원 사람이 같은 환자임을 알아보고 구생원으로 데려왔을 때, 자세히 보아야 얼굴에 뾰루지처럼 조그맣게 돋아 있는 것이 보였다.

그 구생원 사람이 중매를 섰다. 요한 씨는 그 와중에서도 대풍자유를 구해 아내에게 먹였다. 초기에 발견된 경증이어서 그랬는지 신기하게도 나았다. 둘 사이에 딸이 태어났다. 오른쪽 손은 거의 사용할 수 없었지만, 왼손으로 열심히 살았다. 누가 보아도 아내는 정상인으로 보였지만, 아내 또한 요한 씨 곁에서 정성을 다했다. 하지만 구생원에 영원히 머무를 수 없는 사건이 생겼다. 당시 구생원에는 150여 명의 한센인이 있었는데, 종교 분쟁이 시작된 것이다. 구생원 내의 환자들이 기독교인과 가톨릭교인으로 나뉘어 크고 작은 싸움이 끊이지 않았다. 그러던 중 가톨릭교인 환자들이 구생원 교도부 소속 환자들에게 집단 구타를 당하며 생명의 위협을 느끼는 사건이 터졌다.

당시 구생원 내의 가톨릭 신앙을 지닌 환자들은 무교였거나 기독교 신앙을 지니고 있다가 진주 옥봉 성당의 이탈리아인 신부를 찾아가서 개종한 사람들이었다. "우리는 술도 마시고 담배도 피거든요, 또 기분 좋거나 하모 노래도 부르고 춤도 추고 했는데, 그런 것을 저쪽, 교회 나가는 환자들은 사탄과 같은 짓을 한다고 툭 하모 몰려 와서 때리고 차고 합디다." 가톨릭 교인들의 숫자가 적은 상황에서 내분은 해결되지 않고 폭력은 심해졌다. 옥봉 성당을 거쳐 이들의 딱한 사정은 마산 교구에까지 전해졌다. 1958년 마산교구와 주 신부의 도움을 받아 지금의 산청성심원 땅으로 이주했다.

산청 지역민들의 반대는 격렬했다. "원지 지서 앞에서 데모하고 읍내서도 몰리오고, 신부님이 가서 부탁도 하고 애원도 하고, 하이고." 겨우 겨우 이주는 했으나 지역민들의 반대는 더 심해졌다. 산청 경찰서에서 소총을 메고 한센인들을 잡으러 오기도 했다. 요한 씨의 아내도 잡혀가서 유치장에 갇혀 있다가 밤에 돌아오기도 했다. 그런 일이 몇 번 반복된 끝에 지역민이 잠잠해지는 틈을 타서 늘어가는 한센인들을 수용하기 위하여 초가집을 몇 채 지었다. 미사는 옥봉 성당 신부님이 성심원 공소에 와서 드리면서 신앙적인 갈증은 어느 정도 해결되었다.

하지만 먹고 사는 것은 자체적으로 해결해야 했다. "처음으로 쪽박이 생활을 했습니다. 참말로 부끄럽대요." 요한 씨의 얼굴이 붉어지며 목소리가 떨렸다. 동도 트기 전에 성심원을 떠나 전북, 남원, 운봉, 인월 등으로 돌아다니며 구걸한 것을 메고 반나절을 걸어 돌아오면 어두워져 있었다. 그렇게 길을 걷다가 떠돌아다니는 환자가 있으면 동행해서 돌아오기도 했다. 어쩌다 데모대를 만나면 동네 가까이 가지 못하고 빈손으로 돌아오기도 했다.

가까운 진주로 나갔다가 돌아올 때에는 주로 밤에 움직였다. 성심원 인근 사람들의 눈에 띄어서 좋을 일이 없었기 때문이다. 지금과 달리 경호강은 넓고 깊었다. 고무보트가 오기 전에는 수심이 얕은 개장다리 쪽 개울까지 가서 얻어온 것을 머리까지 들고 강을 건넜다. 경호강을 건너야 성심원에 올 수 있었기 때문에 주 신부가 구해 준 고무보트는 생명선과 같았다. 고무보트에 물건을 잔뜩 실으면 사람들은 다 탈 수 없었다. "그게 예전에 숯가마가 있었습니더. 여울이 있었는데 부근이 넓었어요, 모래도 있고 풀도 있고, 또 강 아래쪽에 좀 얕은 데가 있었는데, 그리로 걸어오기도 했습니다." 강물이 허리까지 차올라도 고무보트에는 사람보다 얻어온 물건을 먼저 실었다.

고무보트에 싣고 온 물건들은 기와집 앞에 있던 창고에 넣고 문을 잠그고 보관했다. 얻어온 것 중 좋은 것은 골라서 다시 내다 팔고, 버려야 할 것들만 먹고 입었다. 부지런하게 빈 땅도 일구었다. 비교적 젊고 건강한 편이었던 요한 씨는 진주 장에 가서 물건을 팔기도 했다. "풋고추를 따 갖고 자루에 넣어 갖고 나가기도 했습니다. 한참 길을 가다보모 먼지를 뽀얗게 일으키며 트럭이 지나가요. 손들면 태워주는데, 얼마 안 가 재수 없다고 난리지요." 트럭 기사에게 떠밀려 길 한가운데에 내려서 걷기도 했다.

겨우 진주까지 가서 가져간 풋고추를 팔고 돌아오는 길도 험난했다. 마을에 필요한 물건들을 사서 어깨에 메고 오다가 버스를 타도 곧 쫓겨 내려야만 했다. "그날은 버스를 세 번 탔습니다. 세 번째 버스에서 안 내려가냐고 난린데 우짭니까. 내려야지. 우리는 인간이 아입니다. 돼지도 소도 트럭에 태워가도 우리는 안 태워준다 아입니까." 길에서 오도 가도 못하고 날은 어두워졌다. 물건을 강탈당할까 봐, 품에 있는 몇 푼 안 되는 돈을 빼앗길까 봐 사람들이 있는 인가로 가는 게 두려웠다. "참 추줍은 이야깁니더. 저기 원지, 그 단성면 다리 밑으로 가서 웅크리고 잤습니더." 걸어서 새벽에 경호강 가에 도착하니 강 건너편에 아내가 서 있었다.

> "누가 뭐라 해도 우리는 박통(박정희 전 대통령) 좋아하고 감사
> 합니더. 주민등록이 없으니 선거권도 없고 선거권이 없으니 아무도
> 우리를 인간 취급 안 한 거 아입니까. 주민등록 만들어주고 선거하
> 게 해주니까 차도 타게 합니다. 음성 환자 양성 환자 구별해서 차를
> 타게 해도 그게 어딥니까."

요한 씨는 울먹이며 주민등록이 만들어졌을 때의 기쁨을 이야기했다. 모두 먹고 살기 힘들던 때였다. 해방 되고 전쟁을 거치며 면사무소가 불타서 호적 자료가 없어지기도 하고, 호적을 복구할 때 살았는지 죽었는지 알 수 없고, 어디에 있는지조차 알 수 없었던 가족들은 굳이 한센인을 가족으로 올리지 않았다. 의도야 어찌 됐든 주민등록이 만들어지면서 한센인들은 대한민국 국민이 되었다. 한센인들의 가슴을 아프게 했던 많은 일들이 해소되

거나 사라진 건 아니었지만, 주민등록이 생겼다는 사실 하나만으로 그들은 희망이 생겼다. 아이들을 호적에 올릴 수 있었기 때문이다. 1961년에 아들이 태어났다.

1962년에 정 시몬 신부가 통역자와 함께 고무보트를 타고 경호강을 건너왔다. 말도 통하지 않고 낯선 외국인이어서 모두 가까이 가기를 꺼려했다. 정 신부는 그런 분위기는 아랑곳하지 않고 한센인들이 사는 모습을 유심히 관찰했다. 그러다 어느 날 훌쩍 떠나갔다. 모두 정 신부를 잊을 만할 때 다시 나타났다. 이탈리아로 돌아가 후원금을 모아서 시멘트와 목재 등을 가득 싣고 돌아왔다. 대대적인 공사가 시작되었다. 성심원 내부 규칙도 생겨났다. 공사를 하자 외부에서 인부들이 드나들기 시작하면서 성심원과 한센인들에 대한 인식도 조금씩 바뀌어 갔다. 정 신부는 한국말을 하지 못해 옥봉 성당의 최 신부가 성심원 공소에 와서 미사를 드렸다.

　　"정 신부는 참말 강합니다. 병자들 중에서도 정 신부를 싫어하는 사람이 많았어요. 나는 그 분이 참 고맙습니다. '얻어 묵지 말라.' '아무 데서나 자지 말라.' '우리가 노력해서 정당하게 벌어야 사람대접을 받는다.' '일하지 않는 자는 묵지 말라.' 늘 그리 말합디다."

통역인을 통해 전달된 '일하지 않는 자는 먹지 말라'라는 말은 많은 한센인들의 반발을 불러일으켰다. 그러나 요한 씨는 "아픈 사람은 일 안 시켰어요. '두 발로 걸을 수 있고 두 팔로 뭔가를 할 수 있으면 일하라'는 뜻"으로 한 말이라고 했다. 하지만 힘든 일보다 다니면서 얻어 오는 데에 익숙한 한센인들에게 집을 짓고 길을 만드는 일은 고달팠다. 어쩌면 소록도에서의 강제 노동에 동원되고, 여기저기 떠돌아다니며 살기 위해 온갖 궂은 일을 하면서도 멸시당해야만 했던 한센인들에게 '일하지 않으면 먹지 말라'라는 말은 트라우마로 다가왔을지도 모른다. 그렇다고 정 시몬 신부가 특별히 따로 살았던 것도 아니었다.

"여게는 겨울에는 칼바람이 불고 여름에는 데일 것같이 해가 뜨겁습니다. 정 신부는 대머리였는데 얼마나 덥고 뜨거웠는지 머리에 두른 수건에서 김이 모락모락 납디다. 처음에는 남녀가 유별하니 해지모 강 건너에 가서 자고 아침 해 뜨기 전에 고무배 타고 옵니다. 그라다가 집이 채 만들어지기 전에는 우리랑 같이 기냥 맨바닥에 웅크리고 자기도 하고, 우리랑 같이 먹었습니다. 그래도 그리 하니까 한데 엉켜 자는 거는 조금씩 나아지대요. 드디어 성심원에 평화시대가 열린다 싶었지요."

1960년대 초, 아무런 장비 없이 블로크를 만들어 집을 짓고 길을 닦는 노동에 많은 한센인들의 병세는 악화되었고, 요한 씨의 건강하던 왼손도 불구가 되었다. 모두의 고통 끝에 서로 구분 없이 살던 사람들에게도 가족끼리 사는 공간이 만들어졌다. 요한 씨는 그런 변화가 좋았다. 유치원이 생기고 초등학교가 생겼다. 대전에 보육원(기숙시설)이 만들어지자 큰 아이들은 그곳으로 옮겨져 교육을 받았다. 아내와 함께 간간이 대전으로 가서 아이들을 만나는 기쁨은 뭐라 말할 수 없이 컸다. 제대로 입히지 못하고 먹이지 못해도 아이들은 자랐다. 그 아이들이 자라서 손자 손녀를 낳아서 할아버지가 되었다.

그러나 요한 씨의 부인은 폐암으로 돌아올 수 없는 먼 길을 먼저 떠났다. 가끔씩 기침을 했지만 아프다는 말도 힘들다는 말도 하지 않았다. 요한 씨가 병세를 느끼고 병원에 갔을 때에는 이미 초기를 넘긴 상태였다. 전라도, 충청도, 경상도, 심지어 서울까지 갔다. 모두 폐암이라고 했다. 아내의 의견에 따라 대구에 있는 병원으로 가기 위해 버스를 타고 마산을 거쳐 구마고속도로를 지날 때 아내는 답답하다고 했다. 겨우 도착한 병원에서는 수술을 권유했다. 어찌해야 할지 갈피를 못 잡고 있을 때에 아내는 부부의 집인 성심원으로 오고 싶어했다. 아내가 버스를 타고 가는 게 힘들다고 해서 성심원에 연락했더니 앰뷸런스를 보내주었다.

❝

날이 잔뜩 흐린 날 성심원 뜰에서 요한 씨를 만났다. 금방이라도
비가 올 것 같아서 '들어가시자' 하는 나에게 "비는 남풍 불 때
옵니더. 이거는 북풍이라서 비 안 오고 날만 흐리요."라고
알려주었다. 온몸으로 살아오면서 알게 된 지혜였다.
© 김성리, 필자를 만나고 돌아가는 요한 씨.

❞

나날이 쇠약해지고 수녀님이 수술을 해야 하지 않겠냐고 염려했지만, 아내는 수술을 두려워했다. 차일피일 시간은 흘러갔다. 어느날 화장실을 가기 위해 신을 신다가 뒤로 넘어지며 머리를 부딪쳤다. "수녀님들이 애를 많이 썼습니더. 나는 옆에서 콩죽도 끓여 멕이고 아침저녁으로 손발을 주물러 주었습니더. 숨 쉬는 것도 힘들어하고, 고마 내가 죽었으면 싶더니." 요한 씨의 간절한 기도를 뒤로 하고 아내는 요한 씨의 곁을 떠났다. "내 한은 아내를 그리 보낸 거 하고, 부모 노릇을 못해 준 겁니더. 나는 못났지만 자식들에게 늘 말해 줍니더. 아이들 앞길을 열어주라고."

날이 잔뜩 흐린 날 성심원 뜰에서 요한 씨를 만났다. 금방이라도 비가 올 것 같아서 '들어가시자' 하는 나에게 "비는 남풍 불 때 옵니더. 이거는 북풍이라서 비 안 오고 날만 흐리요."라고 알려주었다. 온몸으로 살아오면서 알게 된 지혜였다. 요한 씨도 암 진단을 받았다. 항암 치료를 받아도 나아지는 것 같지 않았다. 요한 씨는 나날이 쇠약해져 가고 있었다. 작은 키였지만 자세는 꼿꼿했다. 요한 씨 방에는 산청읍이나 진주에서 사다 놓은 빵이 늘 있었다. 자신을 돌봐주는 직원들에게 주고 싶고, 자신도 한 번씩 먹기 위하여 직원들에게 부탁하여 사다 놓고 있었다.

나는 갈 때마다 그 빵을 먹었다. 요한 씨를 만나고 온 다음 날 아침이면 요한 씨는 또다시 이른 시간에 나를 찾아왔다. 빵을 가져다주며 늦으면 식사를 할 수 없으니 얼른 가서 아침을 먹으라는 말을 남기고 휠체어를 타고 요양사로 돌아갔다. 행여 내가 식사 시간에 늦어 아침을 굶을까 봐 걱정되어 아침 일찍 나를 깨우러 온 것이다. 나는 복도 창가에 서서 돌아가는 요한 씨를 보며 서 있기도 했다.

굶주림의 세월은 요한 씨의 기억 깊은 곳에 남아 있어서 누구든지 배가 고프면 안 된다는 굳은 생각을 가지고 있었다. 요한 씨 방의 냉장고와 벽 여기저기에는 손자 손녀들의 사진과 아들의 사진이 붙어 있었다. "참 고왔다"는 말을 하며 늘 눈물로 그리워하는 아내도 사진 속에서 웃고 있었다. 비록 곁에 없어도 아내가 해주던 반찬들, 고운 웃음들, 몸놀림 하나하나가 늘 눈에 아른거린다고 했다. 병은 깊어가고 거기에 비례해서 아내에 대한 그리움도 깊어갔다. 그리고 요한 씨는 자신을 기다리는 곱디고운 아내를 찾아 길을 떠났다.

3

성심원의 여름

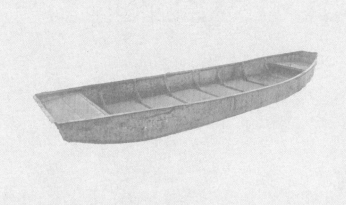

내 마음에 품은 옹이가 있어

성심원의 여름은 화려하고 풍성하다. 봄의 꽃은 잠시 왔다 가지만 여름의 꽃은 긴긴 여름날을 한센인들과 함께한다. 영산홍이 채 사라지기 전에 장미는 봉오리를 자랑한다. 가정사 2동과 3동 사이의 시멘트 길에는 해마다 넝쿨 장미가 영역 표시를 한다. 작은 꽃송이들이 오송송 달린 넝쿨은 신기하게도 휠체어 바퀴가 닿지 않는 곳까지만 뻗어나온다. 여섯 번의 여름을 맞이하는 내내 그 영역을 넘어오는 걸 보지 못했다. 장미꽃이 너무 예뻐 한 송이 꺾고 싶어도 꾹 참는다. 어르신들이 꽃이나 가지를 꺾는 걸 매우 싫어하기 때문이다.

한센인들의 휠체어가 불편 없이 다닐 수 있도록 성심원의 모든 길은 포장되어 있다. 그래서 여름은 더 덥다. 성심원은 뒤에는 지리산이, 앞에는 경호강이 있는 배산임수 지형이지만 경호강이 동쪽에서 흐르기 때문에 습하다. 나무들이 우거지고 잎이 무성해지면서 어느 방향을 보아도 푸른색이다. 봄에 꽃가루 테러를 자행하던 나무들도 그늘과 바람을 선물해 준다. 장마철에 비가 쏟아진 후 나오는 햇살 속의 성심원 풍경은 깨끗함과 푸르름으로 눈이 부시다.

여름날 새벽에 잠을 깨우는 건 새소리와 나뭇잎 소리이다. 성심원에 깃들어 사는 새들의 종류를 가늠하기는 어렵다. 이른 아침에 지저귀는 소리와 낮에 지저귀는 소리, 저녁에 지저귀는 소리가 다르기 때문이다. 가벼운 바람이 스쳐지나가기만 해도 무성한 나뭇잎이 흔들리는 소리는 아침잠을 깨우기에 부족함이 없다. 눈을 뜨고 가볍고 상쾌한 새소리와 바람에 사각거리는 나뭇잎들의 소리를 듣고 있으면 경건해진다.

성심원 길목마다 서 있는 배롱나무에 레이스 같은 꽃잎들이 매달린다. 꽃이 여러 날에 걸쳐 번갈아 피고 져서 여름 내내 피어 있는 것처럼 보여 백일홍이라고 부르기도 한다. 어떤 식물학자는 백일홍이라는 음이 변해서 배롱으로 되었다고 추정하지만, 성심원 한센인들에게 배롱나무는 여름 내내 그들의 곁을 지켜주는 꽃이다. 자줏빛, 보랏빛, 흰빛의 꽃들이 만개하면 성심원의 여름도 절정을 달리고 매미소리가 귀를 어지럽힌다. 특히 여름 밤 달빛 아래에서 배롱나무꽃을 볼 때는 숨을 크게 쉬어야 한다.

"

한센인들의 휠체어가 불편 없이 다닐 수 있도록 성심원의 모든
길은 포장되어 있다. 그래서 여름은 더 덥다. 성심원은 뒤에는
지리산이, 앞에는 경호강이 있는 배산임수 지형이지만 경호강이
동쪽에서 흐르기 때문에 습하다. 나무들이 우거지고 잎이
무성해지면서 어느 방향을 보아도 푸른색이다. 장마철에 비가
쏟아진 후 나오는 햇살 속의 성심원 풍경은 깨끗함과 푸르름으로
눈이 부시다. ⓒ 김성리, 성심원의 여름 나기.

"

차 한 대 다닐 정도의 강변길을 사이에 두고 성심원 앞을 흐르는 경호강에서 보는 풍경들은 몇 년이 지나도 익숙해지지 않는다. 래프팅을 하며 지르는 환호성과 그 옛날 한센인들이 울면서 경호강을 건너 성심원에 내린 그 자리에 쌓이는 래프팅 보트는 낯설다. 평소에 한센인들이 휠체어를 타고 흐르는 경호강물을 바라보는 자리에는 텐트와 승용차들이 들어서서 가족끼리 또는 친구끼리 밥을 지어 먹으며 물놀이를 한다. 여름 내내 떠나지 않는 길 위의 텐트를 볼 때마다 경호강변조차 나가지 못하고 성심원 안에서 부채질을 하는 한센인들의 모습이 떠오른다. 어떤 이에게는 가족과 함께하는 평범한 그 일상이 한센인들에게는 불가능한 것이기에 성심원의 여름은 풍성하면서도 슬프다.

___자식의 생사를 모르는 삶은 늘 미완이다

죽음이 있어 삶이 완성된다면, 자식의 생사를 모르는 삶은 늘 미완이다. 바르바나 씨는 마주 앉으면 딸 이야기뿐이다. 그 딸은 1957년생 닭띠이다. 바르바나 씨는 1958년에 이곳으로 왔다. 성심원 거주 1세대이다. 함께 온 분들은 모두 돌아가시고 이제 바르바나 씨 혼자 남았다. 나와 이야기 중 오래된 낡은 휴대폰을 보여주며 찍혀 있는 전화번호로 연락을 해달라고 한다. 몇 번 이런 일이 있어 연락을 해보면 수신이 되지 않는 번호이다. 그럼에도 바르바나 씨는 포기하지 않는다.

"그 아가 맞을 수 있다. 내가 '누고?' 하면 바로 전화를 끊는다. 내 목소릴 아는 기라. 그러니까 네가 한 번만 더 해 봐주라. 니 번호는 모르는 번호이니 받을 수 있다 아이가? 여게 축제한다 할 때도 다른 거 하지 말고 소식이 끊긴 자식들 이름하고 어릴 때 사진을 박아서 걸어주모 얼마나 좋겠나. 혹시 모르제. 나이 들어도 피색은 남아 있제. 딸이 기숙사를 나갈 때 그 얼굴을 보모 혹시나 하고 돌아가서 '너거 부모가 니 찾는다' 말이라도 하모 찾아올지."

바르바나 씨는 닭띠 생 딸이 두 살 때 이곳으로 왔다. 스물일곱 살의 바르바나 씨와 서른일곱 살의 요셉 씨는 척박한 삶 속에서도 그 딸을 젖 먹여 키웠노라고 했다. 열일고여덟 살부터 소식이 끊긴 딸이 혹시 연락을 해올까 봐 하루하루 조바심 속에 산다. 몇 년 전에 돌아가신 요셉 씨는 정신이 명료하지 않은 속에서도 딸의 이야기만 나오면 입술을 오물거렸다. 바르바나 씨는 다른 사람 모두가 성심원에 와서 보호받고 치유적인 삶을 살고 있다 해도, 자신만은 그렇지 않다는 생각을 바꾸지 않는다.

"새벽에 동트기 전에 한 숟가락 묵고 거적떼기 하나 갖고 산에 가서 숨어 있다가 온종일 굶다가 밤에 내리오고, 그리 살아도 딸은 내 품에서 놓은 적이 없어. 배가 고파 울다가도 빈 젖이라도 물리모 신통하게 잘 정도로 착한 아이였다고."

바르바나 씨의 딸은 아가다이다. 아가다는 초등학교를 졸업하고 대전으로 갔다. "대전 갈마동에 수도원이 있었는데, 그리 보냈는가. 하여튼 거기서 성모여중에 다녔제. 60점 이하는 퇴학이라고 해서 열심히 공부했다." 수도원에서 여학생이 수도사들과 함께 지냈을 리는 없다. 대전에 있는 소년마을 기숙사에서 지냈을 거라고 수차례 설명해도 바르바나 씨는 이탈리아인 정 신부가 아가다를 대전 수도원으로 보냈고, 그곳에서 중학교를 다녔다는 주장을 굽히지 않는다. 헝클어진 기억은 방향을 잃고 딸에게만 집중되어 있었다. 어머니의 빛바랜 기억 속의 딸은 착하디착한 모습으로 남아 있었다.

"열일곱 살이 되모 보육원에 있을 수 없다고 해서 나왔다. 그리고 진주로 와서 겨우 중학교 마치고, 아는 고등학교 가고 싶다고 하고, 우리도 우찌해도 고등학교까지는 닦아준다고 해도 정 신부 뒤에 온 백 수사가 고등학교는 안 된다고, 마산에 있는 데로 가야 된다고 해서 무슨 기술학원에 갔어. 낮에는 공장 다니고 밤에는 야간 학교 간다고 했다. 그런데 아가 소식이 없어서 애가 타도 원에서는 잘 다니고 있다고 걱정하지 마라 하고. 그리고 한참 있다가 내가 한 번 간다 하니까 그때서야 한참 전에 아가 기숙사에서 나가서 그 길로 안 들어왔다 한다. 이기 말이 되는 소리가. 엉? 그라모 처음부터 아가 나가서 안 들어온다고 했어야지. 그랬으모 우리가 친구들을 다그쳐서라도 하다못해 신문에 내도 내서 찾아봤을 낀데. 그때서야 가출했다 하니 우짜라 말이고? 저거 동생들도 그렇다. 언니고 누(나)인데 찾을 생각을 안 한다. 나보고 그만하라고만 하고. 이장도 미쳤제. 지가 뭔데 호적에서 우리 아를 빼노. 내가 이런 몸만 아니면, 병만 아니면 천지를 뒤져서라도 찾아볼 긴데…….”

아가다의 마지막 모습이 된 사진을 보여주며 바르바나 씨의 원망은 이름도 기억나지 않는 오래전의 마을 이장에게로 향했다. 아가다가 지냈던 시설이 수도원에서 보육원으로 바뀌고, 바르바나 씨의 기억에 남은 수도자들의 이름은 거의 다 들먹여지는 것 같았다. 변하지 않는 건 바르바나 씨의 한탄이 늘 같다는 것이다. 바르바나 씨의 한탄이 이쯤 이르면 옆에 석고상처럼 앉아 있던 요셉 씨가 알 수 없는 소리를 낸다. 그리움에서 나오는 울부짖음 같기도 하고, 이제 그만 하라고 바르바나 씨에게 내는 소리 같기도 하다. 편안한 소리는 아니다. 닭띠생 딸에 관한 바르바나 씨의 기억이 온전하다고 할 수는 없지만, 아니라고도 할 수 없다.

46~47년 전에 연락이 끊긴 딸이 있다는 것은 확실하다. 어쩌면 그 딸에게 불운한 일이 있었고, 그것을 차마 사실대로 알리지 못하면서 오해가 저리도 켜켜이 쌓였을 수도 있다. 성심원 역사 자료관에는 성심원의 뜰에서 아이들이 뛰어노는 사진이 있다. 오래된 사진이다. 바르바나 씨는 자료관에 전시되어 있는 그 사진들도 못마땅하다. 아흔을 바라보는 노모의 이러한 마음을 탓할 수는 없다. 탓해서도 안 된다. 바르바나 씨의 말과 행동이 옹고집으로 보일 수도 있으나 그건 어머니의 마음이다. 희미해져 가는 기억의 한 자락이라도 붙들고 있어야 딸을 영원히 잃지 않기 때문이다.

바르바나 씨가 가지고 있는 오래된 원망은 닭띠생 딸에게 국한된 건 아니다. 바르바나 씨는 자신의 아이들을 마음껏 품에 안고 키우지 못했음을 한탄한다. 현재 성심원의 주춧돌을 놓은 이탈리아인 정 신부는 열악한 환경에서 자라는 아이들의 감염을 염려했다. 성심원은 지리산 자락에 위치해 있으면서 경호강변이다. 사방 십리 안에 마을도 없다. 현재의 상황이 이러할진대 60여 년 전의 상황은 더 심했을 것이다. 지금도 10월 중순이 되면 오후 4시쯤에 벌써 어스름이 찾아오고 바람이 머문다. 정 신부는 아이들만이라도 제대로 된 환경에서 양육하고 싶었던 것 같다.

"보육소를 차리고 딱 돌만 지나모 떼어가서 보모가 키웠지. 돌 지났으니 젖도 안 뗀 기라. 아침에 일하러 가면서 보육소 창문 너머로 아가 어데 있나 찾아보고, 저녁에 들어오면서 창문 너머로 보고 그랬제. 그래도 내가 품고 있을 때는 통통했는데, 그게만 가서 좀 있으모 아가 빼빼 말라. 훔쳐 볼 때마다 아는 입이 바짝 말라 있고, 면회도 잘 안 시켜준다. 그런 걸 보고 아를 안 떼놓으려고 하면 정 신부가 물 건너를 가리키면서 '쌔크리판티' 하면서 팔을 휙 저어. 여기서 나가라는 소린기라. 하이고, 말 못해요. 그때만 생각하면 지금도 가슴이 벌렁거려."

정 신부는 혹시라도 비위생적인 환경에서 아이들에게 몹쓸 병이 옮을까 봐 돌이 되면 보육소로 데려갔다. 60여 년 전의 성심원은 척박했다. 정 신부가 이탈리아의 지인들을 통하여 겨우 시멘트만 살 수 있었지, 인건비를 주고 집을 지을 수 있는 형편은 안 되었다. 한센인들도 자급자족해야 했다. 당시를 기억하는 요한 씨는 "정 신부는 우리가 구걸하러 가는 걸 끔찍이 싫어했어. 부지런하게 일해서 밭을 일구고 푸성귀라도 우리끼리 해결하기를 바랐지요."라며 옆에서 한 마디 거들었다. 요한 씨는 하루 종일 성치 않은 몸으로 일을 해야 하는 부모 곁에 있는 것보다 보육소에서 지내는 것이 아이들에게 더 나았다고도 했다.

바르바나 씨와 같이 성심원에 들어와서 늘 바르바나 씨 집에 놀러 오던 요한 씨의 기억은 이렇듯 달랐다. 보육소는 있었으나 강제로 부모와 격리 수용했다는 사실에는 동의하지 않았다. 요한 씨는 부모와 함께 있다가 병이라도 걸릴까 봐 늘 불안했는데 보육소가 만들어져서 오히려 안심이 되었노라고 했다. 일하러 가더라도 안전하게 두고 갈 수 있어서 나름 좋았다고도 했다. 중학교에 진학하면 대전에 가서 아이를 만나고, 성심원 안에서도 언제든지 보육소에 가서 아이들을 볼 수 있었다고 증언했다. 같은 공간, 같은 시간, 같은 상황임에도 두 사람의 기억은 달랐다.

요한 씨의 딸과 함께 찍은 사진을 보여주는 바르바나 씨의 손이 떨리고 있었다. 두 딸은 서로에게 가장 친한 친구였다. 바르바나 씨의 애타는 마음을 헤아려서 요한 씨가 자신의 딸에게 물어보아도 아가다의 소식을 모른다는 대답만 돌아온다고 했다. 처음 바르바나 씨를 만났을 때, 나에게 띠가 어찌 되냐고 물었다. 이야기 끝에 나의 언니가 닭띠이며 마산에서 학창 시절을 보냈다는 말을 했을 때, 바르바나 씨는 나의 언니에게 아가다의 이름을 알려주고 아는지 물어봐달라고 했다.

트라우마는 잊어야 할 기억을 계속 지니고 있어 불행한 과거가 현재 속에 머물러 있는 것이다. 그래서 트라우마는 해결되지 못한 삶의 문제이며 현재이다. 생사를 알지 못하는 딸에 대한 애타는 마음은 딸과 연관된 모든 기억에 부정적인 요소들이 달라붙게 하고, 그 결과 바르바나 씨는 해결될 수 없는 트라우마 속에서 오늘을 산다. 50여 년 전의 사실을 지금 어떻게 알 수 있겠는가? 설령 기록이 있다 하더라도 그 기록을 찾을 수 있는 단초가 없다. 그럼에도 이제 그만 내려놓고 편안하게 살아가라고 어찌 말할 수 있겠는가?

또 다른 요셉 씨의 자식에 대한 마음은 애닯기만 하다. 요셉 씨의 얼굴은 울고 있다. 어떤 질문에도 대답은 두세 마디 이상 하는 경우가 드물다. "좋아요" 또는 "네, 아니오"가 전부이다. 그렇다고 말을 할 수 없는 건 아니다. 아들 이야기만 나오면 "보고 싶어요. 아들한테 가고 싶어요."라며 눈물을 글썽인다. 본인이 키울 수 없어 아이들을 형님 댁에 보내놓고 평생을 그리워하며 지낸다. 맛있는 간식이 있어도 눈물부터 글썽거리고, 바람만 불어도 걱정이다. 요셉 씨가 희미하게 웃을 때도 아들 이야기를 할 때이다.

요셉 씨는 자신의 방에 있는 아들의 어린 시절 사진과 손자를 찍은 사진을 보여주면서 행복해한다. 그때는 말도 많이 한다. 아들이 몇 살 때의 사진인지, 무엇을 하던 모습인지 등등을 설명한다. 예전과 달리 아들이 너무나 가끔씩 오는 것을 슬퍼하며, 그리움에 목이 메여 말을 잇지 못할 때도 있다. 자식이 장성하여 가정을 꾸리게 되고, 멀리 떨어져 살게 되면 1년에 한두 번 정도 부모

66

트라우마는 잊어야 할 기억을 계속 지니고 있어 불행한 과거가
현재 속에 머물러 있는 것이다. 그래서 트라우마는 해결되지 못한
삶의 문제이며 현재이다. 생사를 알지 못하는 딸에 대한 애타는
마음은 딸과 연관된 모든 기억에 부정적인 요소들이 달라붙게
하고, 그 결과 바르바나 씨는 해결될 수 없는 트라우마 속에서
오늘을 산다. ⓒ 산청성심원, 성심원의 어린 자녀들.

99

와 만나는 게 드문 것은 아니지만, 자식에게 가고 싶어도 가지 못하는 이곳 성심원의 어르신들에게 자주 와주지 않는 자식은 서운하다. 그러나 그들의 자녀들 삶 또한 고단하다.

사실을 알고 보면 요셉 씨의 아들이 자주 오지 못하는 이유는 그가 아버지의 노릇을 해야 하는 여동생이 있기 때문이다. 요셉 씨의 딸은 지적 능력이 부족한 것으로 알려져 있다. 요셉 씨의 아들이 예전에는 자주 왔지만 이제는 몸까지 불편해진 여동생을 보러 다녀야 하는 관계로 아버지에게는 예전처럼 자주 오지 못하는 것이다. 아버지가 병에 걸리자 어머니는 가정을 떠나가고, 큰집으로 가서 여동생을 지키며 자라야 했던 그 아들의 가슴은 얼마나 멍들어 있을까.

___가족은 언제나 행복이 아니라 슬픔이었다

베가 씨는 40여 년 전의 일만 생각하면 지금도 온몸이 떨린다. 아이가 미감아로 설움받으며 자라는 것이 싫어서 시누이 집으로 보냈다. 시누이는 딸의 혼사를 앞두고, 친정 오빠가 한센인임을 사돈이 알게 될 것을 지레 염려하여 베가 씨의 아들에게 도둑 누명을 씌웠다. 아이의 연락을 받고 시누이를 찾아간 베가 씨는 서러움에 남편에게 사실을 알렸다. 아들을 만나러 온 남편은 "그래도 고모 집에서 공부해라"는 말을 남기고 돌아왔다. 고모 집으로 돌아갈 수 없었던 아들은 아버지가 탄 버스가 가던 길을 따라 무작정 걸었다. 걷다가 뛰다가 어두워지면 길에서 자고 굶주린 채 수원쯤 왔을 때 부산 가는 채소 트럭이 차를 세웠다.

트럭 주인은 아들을 자신의 집에서 재우고 먹였다. 그리고 진주 오는 차표와 약간의 돈을 쥐어주었다. 덕분에 아들은 성심원으로 왔으나 아버지가 무서워 집에 들어오지 못하고 닭장에서 자고, 날이 새면 산으로 피했다. 우연히 이웃이 새벽에 닭장에서 나오는 아들을 보고 집으로 데려왔다. 베가 씨 부부는 대전 갈마동에 있는 기숙사로 보내지 않고 산청초등학교에 보냈다. 담임 선생님은 별 말이 없었으나 반 학생들은 베가 씨 아들의 도시락에 침을 뱉고 놀렸다. 도저히 참을 수 없는 지경에 이르자 이가 부러질 정도로 싸웠다. 그때 아들의 나이는 열두 살이었다.

가이아나 씨의 딸은 명절 전에 다녀간다. 올 때는 여느 딸과 달리 음식을 장만하여 보따리를 들고 온다. 온전하지 못한 어머니의 손을 생각하면, 친정이라고 와서 친정 어머니가 해주는 음식을 편안하게 받을 수 없다. 친정 어머니가 음식을 하지 않고 편히 지냈으면 하는 마음으로 명절 차례상 음식을 해서 들고 오는 것이다. 그리고 다시 명절을 지내러 시댁으로 가는 그 딸을 바라보는 가이아나 씨의 가슴은 에리기만 하다. 남매는 유난히 공부를 잘했다. 가이아나 씨 부부에게 남매는 예나 지금이나 희망이고 삶의 의미이다.

"계란판을 가득 실은 리어카를 끌고 장에 가면 애들이 일찍 따라 나와 꼭 밀어주고 학교에 가요. 오르막길이나 내리막길이 나오면 말도 못합니다. 오르막에서는 애들이 있는 힘껏 뒤에서 밀기도 하고, 내리막길에서는 애들이 질질 끌리듯이 무릎이 땅에 닿을 듯이 하면서도 손을 안 놓고 리어카를 잡아 댕겨요. 행여 미끄러져서 앞에서 끄는 아버지가 다칠까 봐, 계란판이 쏟아져 깨질까 봐. 지금은 다 옛날 이야기라 이리 말하지만, 그때 그 심정은 뭐라 말로 못합니다. 그 추운 날에도 더운 날에도……."

어느 부모가 자식에게 어렵고 힘든 일을 시키고 싶을까. 가이아나 씨 부부에게 어린 시절의 어려움을 잘 이겨내고 좋은 대학을 나와 사회의 일원으로 당당하게 살아가는 남매는 태양이며 밤하늘을 비추는 은하 자체이다. 가이아나 씨 집에는 바퀴 달린 식탁이 있다. 모든 것이 불편한 부모를 위해 아들이 만들어 준 것이다. 설을 지내고 다시 간 가이아나 씨 집의 식탁은 상판이 깨끗한 원목으로 바뀌어 있었다. 역시 상판이 낡았을 것으로 짐작한 아들이 새로 만들어 와서 교체한 것이다.

성심원에는 자녀로 인한 행복보다 슬픔이 많다. 막달레나 씨는 한 동안 가슴앓이를 했다. 손녀가 다니는 대학에서 봉사활동을 성심원으로 올 때, 평소 연락이 거의 없던 며느리가 전화를 걸어와 막달레나 씨에게 손녀를 모른 척해 줄 것을 신신당부했기 때문이다. 마리아 씨는 아들의 결혼식에 다른 사람을 대리로 보냈다. 사돈 댁에 차마 마리아 씨 부부가 성심원에 살고 있음을 밝히지 못하고, 성심원에 오는 봉사자 부부를 부모처럼 위장한 것이다. 마리아 씨는 아들의 결혼식 사진을 보여주며 자신이 그곳에 있지 않아서 얼마나 다행인지를 이야기했다.

카타리나 씨는 사고 능력이 약간 떨어진다. 시댁에서 쫓겨나며 두고 온 아들이 보고 싶어 아이처럼 울기도 한다. 초등학교 저학년생이던 두 아들을 두고 남편 손에 이끌려 성심원 앞에 버려지던 그 이후부터 바람 타고 들려오는 소문은 아들들이 제대로 교육을 받지 못한다는 소식이었다. 카타리나 씨는 아들들이 제대로 교육받기를 바라는 마음으로 자신에게 배당되는 정부 지원금을 모았다. 카타리나 씨는 라파엘 수사에게 날마다 아들들이 학교에 다닐 수 있게 해달라고 졸랐고, 보다 못한 라파엘 수사와 유의배 신부가 시댁을 물어물어 찾아갔다.

덕분에 카타리나 씨는 아들들이 각각 중학교 1학년, 중학교 3학년 때에 비로소 얼굴을 볼 수 있었다. 큰아들이 해군에 복무할 때 카타리나 씨를 만나러 온 이후, 아들에 대한 걱정은 덜하지만 보고 싶은 마음은 나날이 더하는 것 같다. 장성한 아들이 어디에서 무슨 일을 하는지 알고 있지만, 스스로 가볼 수 없는 카타리나 씨가 할 수 있는 일은 오로지 아들이 오지 않음을 슬퍼하는 것이다. 늘 이어폰을 끼고 다니며 만날 때마다 끌어안는 카타리나 씨는 언젠가는 남편과 아들을 만나 함께 살 수 있다는 희망 속에 산다.

___가슴에 묻은 두 자녀

수산나 씨는 세 명의 자녀를 두었지만 두 명을 가슴에 묻었다. 아픈 아이들을 위하여 약 한 첩 제대로 먹이지 못한 통한은 60년의 세월이 지나는 동안 생채기처럼 남아 있다. 수산나 씨의 하루는 아들을 위한 기도로 시작하고, 아들을 위한 기도로 끝난다. 하지만 수산나 씨의 존재는 아들과 며느리 외에는 아는 사람이 없다. 아들 목소리라도 듣고 싶어 전화를 해도 손자가 받으면 말없이 수화기를 내려놓는다. 며느리가 아이들이 수산나 씨의 존재를 알게 되는 것을 원하지 않기 때문이다.

"소록도에서는 한 방에 8명이 살았어. 어른 아이 할 것 없이 8명이 사는데, 큰 가마솥에 밥을 같이 했어. 아이고, 나는 그런 거 처음 봤다. 각자 요만한 밥종지가 있어. 거기다가 쌀이나 보리를 담아 내놓으면 그 밥그릇채로 솥에 넣어 밥을 했거든. 내가 젊어서 주로 내가 밥을 했어. 안랑미나 보리를 담아주는 밥그릇을 받아서 담겨 있는 곡식을 씻고는 다시 그 밥그릇에 부어서 각자 밥그릇을 솥에 넣었어. 그리고 나무를 때서 밥을 하면 희한하게 밥그릇 안에 밥이 되어 있어. 그 밥그릇을 각자 가져가서 먹었지. 내 옆에 붙어 있던 딸이 다른 사람 밥그릇을 보고 '어매, 우리도 저런 거 먹자' 하고 많이 보챘어. 그 어린 게 고개를 도리도리 흔들면서 '파래죽 안 먹을래, 파래죽 안 먹을래' 하던 소리가 지금도 귀에 쟁쟁하다. 그때 그 기억들은 아무리 세월이 지나도 가슴이 아프다. 아프고말고."

수산나 씨는 소록도에서 아들을 낳았다. 소록도에서는 아이를 낳아도 어미가 키울 수 없었다. 뿐만 아니라 임신한 걸 들키면 바로 낙태를 시키던 엄혹한 환경에서 수산나 씨는 복중의 아이를 지키기 위해 혼신의 힘을 다했다. "10달 된 태아도 낙태시켜 화장터로 가져간다. 내가 직접 본 건 아니지만, 하루는 빨래터에서 빨래를 하고 있는데 어데서 아 우는 소리가 들리더라. 두리번거려 보니까 어떤 사람이 대야를 안고 가는데 그 대야 안에서 아 우는 소리가 들리더라. 어데로 가는가 했더니 옆에 사람이 말해주대. 신생아를 담아 화장터로 데려간다고." 수산나 씨는 몸서리를 치며 이야기를 이어갔다.

그때의 소록도는 신생리, 남생리 등으로 나누어 구분하고 있었는데 화장터는 구봉리에 있었다. 수산나 씨는 소록도에 갈 때 만삭이었기 때문에 임신한 표를 내지 않기 위해 딸을 포대기로 업고 보따리는 앞으로 들고 소록도로 갔다. 방을 배정받은 후에 딸을 내려놓자 같은 방에 있던 한센인들이 웅성거렸다. 그때서야 뱃속의 아이가 위험하다는 걸 감지했다. 다행히 같이 있던 사람들이 그리 중한 환자들이 아니고 정도 있어서 신고를 하지 않은 덕에 위기를 넘겼다. 만삭이 가까워지면서 들킬까 싶어 숨어서 지냈다.

아이를 낳을 때쯤에 소록도의 원장이 바뀌었고, 무지막지하게 태아를 낙태시키는 일을 못하게 했다. "그래서 아들을 무사히 낳았어. 옆에 있던 사람들이 '니는 참 복도 많다. 운도 좋제' 하며 많이 부러워했다." 수산나 씨는 그때를 생각만 해도 등에 식은땀이 난다. 남편에게 버림받고 갈 곳 없는 한센병 여성이 신음소리 한 번 내지 못하며 아이를 낳고 그 아이의 울음소리가 밖으로 샐까 봐 온 방의 환자들이 조바심쳤지만, 그 아들은 수산나 씨에게 한 줄기 빛이요 희망이었다.

파도에 떠밀려오는 파래를 뜯어 강냉이와 안량미를 넣어 끓인 죽으로는 언제나 젖이 부족했다. 수산나 씨에게만 지급되는 1인분의 겉보리와 안량미로 어린 딸과 함께 버텨야 했기 때문에 늘 수산나 씨도 배를 곯고 어린 딸도 허기졌으며 젖먹이 아들도 배부르게 엄마의 젖을 먹을 수 없었다. 사방이 바다였던 소록도에서 파래는 고마운 식량이었다. 파도에 떠밀려 온 파래 덩어리를 집어들었는데, 그게 사람의 뼈에 붙어 있는 파래여서 기겁을 한 적도 여러 번이었다. 그래도 깨끗한 파래를 건져 배급된 보리와 함께 푹 끓이면 허기를 면할 수 있었다.

소록도 바깥 세상은 전쟁으로 난리였지만, 여인의 몸으로 두 아이를 보호해야 했던 수산나 씨에게 전쟁은 재난이 아니었다. 수산나 씨에게는 배고프다고 엄마 치마를 붙잡고 우는 딸을 초등학교라도 보내야 하고, 배를 곯아 제대로 자라지 못하는 아들을 보호해야 하는 하루하루가 재난이었다. 염치를 무릅쓰고 친정에 도움을 요청했다. 영리하고 예뻤던 수산나 씨를 아끼던 오빠가 방법을 못 찾아 발을 동동 굴릴 때, 같은 한센병을 앓아 대구 애락원에 있던 동생이 애락원으로의 이전을 요청하면서 소록도에서 나올 수 있었다.

"소록도에 갈 때 딸은 네 살이었는데, 그리 오래 같이 있지는 못

> 수산나 씨는 세 명의 자녀를 두었지만 두 명을 가슴에 묻었다. 아픈 아이들을 위하여 약 한 첩 제대로 먹이지 못한 통한은 60년의 세월이 지나는 동안 생체기처럼 남아 있다. 수산나 씨의 하루는 아들을 위한 기도로 시작하고, 아들을 위한 기도로 끝난다.
> ⓒ 김성리, 성심원의 동굴성모상.

했다. 몰래 낳아도 곧 들키거나 일러바쳐서 신생아는 그리 버려지고 좀 자란 아이들은 보육시설로 강제로 뺏어 갔거든. 우리 딸도 그만 일곱 살 때 보육원으로 갔다. 안 간다고, 엄마야 하면서 얼마나 악을 쓰고 버티던지…… 그래도 아들은 품에 안고 네 살까지 어찌어찌 키웠다. 딸을 보육원으로 뺏기다시피 보내고 지냈는데, 안 되겠더라. 아이들이 학교를 가야 하는데 우짜꼬 싶은 기라. 그때 마침 우리 동생이 손을 써줬어. 딸 일곱 살, 아들이 네 살 때 소록도에서 나왔다. 그때가 1952년도였어."

아이들을 품고 잘 키우기 위해 찾아온 애락원에서 딸을 잃었다. 이미 시름시름 앓던 첫아들을 네 살에 속수무책으로 떠나보냈던 수산나 씨에게 딸의 죽음은 가슴에 송곳 하나가 박히는 고통보다 더 참담한 슬픔을 주었다. 수산나 씨는 네 살에 자신의 품을 떠난 아들에 대해선 더 이상의 이야기를 거부했다. 딸의 학교 입학보다 아들이 네 살이 되자 어미 품을 먼저 떠난 네 살 아들이 생각나며, 소록도를 떠나야 한다는 절박함이 있지 않았을까. 수산나 씨의 참담한 얼굴을 보며 나는 더 이상 묻지 않았다. 어미의 가슴에 들어앉은 어린 무덤 두 개만으로도 고통은 차고 넘치기 때문이다.

"거기서 딸을 잃었다. 열한 살 때 뇌막염으로 갔다. 열이 나고 아픈 딸을 업고 애락원 밖에 있는 소아과로 다녔다. 지금은 뇌막염 그거 잘 낫는다는데. 그 병이 그리 머리가 아픈가 봐. 어린 게 '아이구 머리야 아이구 머리야' 하고 머리를 잡고 뒹굴더라. 뭘 조금만 먹여도 몽땅 토하는 기라. 지 먹이던 밥그릇에 토물을 담는 그런 식이었어. 하, 휴우, 살아 있으모 지하고 둘이 앉아 옛말하고 살 건데……."

딸을 잃고 아들이 일곱 살 때 애락원에서 나와 의성 정착촌으로 갔다. 애락원에서는 아무것도 할 수 없었다. 아들을 초등학교라도 보내고 공부시키려면 돈이 있어야 하는데, 뭐든지 해서 벌어야 했지만, 애락원은 외부로 나가서 일을 할 수 없었다. 처음에는 아들을 데리고 여기저기 알아보러 다녔지만, 정착촌에서도 아이 딸린 여인에게 일을 주는 사람들이 없었다. 할 수 없이 아들을 대구에 있는 오빠 내외에게 맡겼다. 수산나 씨는 혼자 정착촌에 있으면서 동냥을 다녔다.

"뭔 돈을 보냈겠노? 동냥한 쌀을 보내주고, 학비는 좀 커서는 지가 벌었지." 친정 오빠 내외는 홀로 떨어져 있는 어린 조카를 잘 거두어 주었다. 올케가 사람이 좋고 넉넉해서 구박도 안 하고 중학교까지 보내주었다는 말을 여러 번 했다. 그런데 문제는 늘 아들이었다. 철없는 아들이 외갓집에서 살면서, 동네 사람이 서너 명만 모여 있으면 가서 시키지도 않는데 큰 소리로 "우리 엄마 있는 데는요, 기계로 솥을 돌리요" 하고 노래를 불렀다. 그러면 오빠나 올케는 기겁을 하고 조카의 입을 막았다.

아들이 살았던 애락원에서는 큰 솥에 쌀을 안쳐서 기계로 밥을 했다. 어린 눈에 그 모습이 신기하여 아들은 늘 밥하는 걸 자주 구경했는데, 그런 기억을 자랑하고 싶었던 게다. 게다가 아이가 똘똘하고 대답을 잘하니까 옆에 어른들이 "네 성이 뭐꼬?" 하고 물으면 "소록도 김가요"라고 대답했다. 보호하는 외삼촌 내외도 그런 말을 전해 듣는 수산나 씨도 참 기가 막히는 일이었다. "기가 막히제. 지금은 이리 웃어도 그때는 나환자 아들이라고 사람들이 알까 봐서 간이 오그라들었다. 참 식겁할 일이제. 우리가 소록도에서 살다 온 걸 알면 안 되지. 사람들이 알면 쫓겨날 건데."

때로는 추운 겨울에 찬물을 뒤집어쓰기도 하고, 개에게 물려 피를 흘리기도 하고, 동네 아이들의 돌팔매에 도망 다니면서도 동냥을 멈추지 않았다. 오로지 식량이라도 보내주어야 아들이 밥을 굶지 않을 거라는 그 마음 하나로 모진 세월을 견뎠다. 어떤 이는 가엽다고 보리쌀 한 되박과 찬밥 한 덩이를 같이 주기도 하고, 어떤 이는 재수 없다고 소금을 뿌리거나 개를 풀기도 했다. 개에게 쫓기고 동네 아이들 돌멩이에 맞으면서도 동냥 자루를 놓친 적은 없었다.

그러나 검은 머리가 백발이 되어도 수산나 씨는 혼자였다. 오로지 수산나 씨의 마음속에서만 아들과 함께였다. "니 오몬 줄라고 남기 놨다. 아들이 사왔다."라며 호두과자 다섯 알을 손에 쥐어 주었다. 한 입 베어 물자 시큼한 맛이 입안에 퍼졌다. 기대감에 가득 찬 수산나 씨의 얼굴을 보며 차마 사실대로 말하지 못하고 꾹 삼켰다. 그리고 "참 맛있네요. 나머지는 아껴 놨다가 나중에 먹을게요." 하며 호주머니에 호두과자를 넣었다.

나를 바라보는 그 얼굴에는 뿌듯함이 가득했다. 자신의 신산했던 과거의 시간들은 아들이 사온 호두과자로 치유되고, 아들을 둔 어미로서의 당당함만 남았다. 아들이 사온 호두과자를 자랑하고 싶고, 늘 나에게 뭔가를 주고 싶었지만 마땅한 게 없었던 수산나 씨가 준 호두과자는 내 책상 위에서 까맣게 굳어 갔다. 수산나 씨는 그 모진 세월에 대해 원망하지도 않았고 서러워하지도 않았지만, 행여 자신의 과거 이야기가 아들에게 흠이 될까 봐 자신의 이름 석 자를 절대로 표기하지 말 것을 당부했다.

"어미가 돼서 잘 입히고 잘 먹이지는 못해도 밥이라도 안 굶길라고 동냥을 다닌 거야. 가가 이 사실을 알면 어떻겠노? 동냥을 가면 물도 끼얹고 욕도 하고 그러지 뭐. 그래도 사회는 동냥이라도 할 수 있는데, 소록도나 애락원은 그런 걸 못하지. 한번은 개를 풀었는 기

라. 그만 물렸는데, 욕은 하면서도 대두 1말을 주더라. 요게 이게 그 상처인데, 개에게 물린 것보다 쌀을 그리 얻으니까 좋아서 아픈 줄도 모리겠더라. 그걸 팔면 돈이 된다 아이가. 아들한테 보낼 돈이 생기니까 개한테 물리도 좋더라니까. 그리 커서 장가도 가고"

그랬다. 그 아들은 스물여덟 살에 어엿한 가정을 이루고 영민한 두 아들을 두었다. 며느리도 가끔 안부를 물어오고 때마다 옷을 사서 보내주었지만, 수산나 씨가 새 가정을 꾸리자 며느리는 관계를 단절하고, 수산나 씨가 전화라도 걸면 일방적으로 끊었다. 아들이 장가들자 몸도 마음도 허허로울 때 한 남자를 만나 서로 의지하며 살았지만, 그런 사정을 며느리에게 털어놓지도 못했고, 이해받고 싶지도 않았다. 다만, 자녀 없이 배우자가 사망했을 때, 아들에게 계부의 기일이라도 기억해 줄 것을 당부했다.

생전 두 명의 남편과 자랑스러운 아들이 있었지만, 죽음 이후에도 수산나 씨는 혼자 성심원 납골묘원에 있다. 가슴에 묻은 두 아이들에 대한 그리움과 하나 남은 아들마저 제대로 입히지도 먹이지도 못했다는 죄의식으로 수산나 씨의 삶은 언제나 바삭거렸다. 책읽기를 유난히 좋아하고 혼자 노래를 나지막이 부르던 수산나 씨, 아들의 얼굴을 영영 보지 못하게 될까 봐 서러워하던 수산나 씨는 홀로 성심원 납골 묘원에 있다.

——오로지 자신의 이야기 속에서 딸은 살아 숨 쉰다

레지나 씨와 수산나 씨는 늘 율리아나 씨 방에서 놀았다. 카타리나 씨와 함께 네 명이서 가벼운 말다툼을 하기도 하고, 삐치기도 하고, 누군가의 흉을 보기도 했다. 햇살이 따뜻하게 비추던 율리아나 씨 방 벽의 가운데에는 증손자가 목동(대전) 유치원에서 기도하는 모습을 찍은 사진이 있다. 증손자의 아기 때 사진에는 "내가 가장 사랑하는"이라는 글이 새겨져 있다. 그 옆으로 예수 사진과 교황의 사진이 붙여져 있고, 아래 탁자에는 꽃으로 장식된 성모상이 두 개 놓여 있다. 그 옆으로 일흔다섯 살 때 찍은 사진이 놓여 있다.

율리아나 씨는 1985년 5월 4일에 성심원으로 들어왔다. 장성하여 다복한 가정을 일구고 있던 아들 내외는 성심원 입소를 반대했다. 율리아나 씨에게 중요한 것은 아들과 아들 가정의 안위였다. 행여 자신의 병이 아들 주변에 알려져 아들 내외와 손자들이 사회로부터 불이익을 받지 않을까 늘 조바심을 쳤다. 이런 심리는 율리아나 씨에게만 나타나는 현상이 아니다. 여기 성심원에 있는 모든 부모가 가진 한 마음이다.

병에 걸리자 남편은 율리아나 씨를 친정으로 보냈다. 집에서 나가라는 남편의 성화에 못 이겨서 나갈 테니 양육비를 요구하자 남편은 아이를 두고 가라고 했다. 하지만 두고 오면 아이들이 어떻게 자라게 될지 불안해서 딸은 걸리고 아들은 업고 부산에서 친정이 있는 진례로 왔다. 오는 길 내내 율리아나 씨는 세상의 각박함에 몸서리를 쳤다. 어린 두 아이를 데리고 나올 때 그 어느 누구도 율리아나 씨를 동정하지도 안타까워하지도 않았다. 그저 그들 곁에 율리아나 씨가 다가올까 몸을 사렸다. 그런 분위기 속에 어린 두 아이를 남겨둘 수 없었다.

"내 상황을 알고 내 처지를 알게 된 부모님이 목을 놓아 통곡하는데…… 친정에 가서 스스로 가족과 격리하여 살았다. 아들은 사랑채에서 외조부와 기거하고, 딸은 안채 작은 방에서 이모와 생활하게 했다. 나는 뒤채 후미진 곳에 기거하고. 옷, 그릇 등 내가 사용하던 것은 가능하면 나만 사용했지만 그래도 어쩔 수 없으면 먼저 끓여서 소독한 후에 다른 사람의 물건과 닿도록 했다. 가족에게 병이 옮으면 더 이상 견딜 수 없을 것 같았거든. 만약 내 가족이 이 병에 걸리면 나는 죽어도 그 죄를 다 씻지 못하는 거라."

젖먹이 아들은 병이 옮을까 불안해서 젖을 못 먹이고 누룽지를 끓여 먹였는데 신통하게 잘 자라주었다. 율리아나 씨는 철없는 아이들이 자신의 방에 들어오지 못하도록 엄하게 대했다. 아들은 세 살쯤부터는 아침에 눈만 뜨면 엄마한테 가자고 외할아버지를 졸라서 율리아나 씨에게 왔지만, 워낙 엄하게 못 들어오게 하니 울먹거리며 마당에 꼼짝 않고 서 있었다. 어린 아들은 마당에 섰고 병든 어미는 방 안에 앉아서 서로를 바라봤다. 그렇게 한참을 지나면 외할아버지 손을 꼭 잡고 '엄마, 밥 많이 묵어. 많이 묵어서 빨리 나아.' 그러면서 애달픈 눈으로 율리아나 씨를 바라보았다. 눈물이 맺힌 아이 눈을 보는 어미의 마음이 칼로 가슴을 후벼 파도 그리 아플까.

"한참을 그리 서로 보기만 하다가 외할아버지 손에 반강제로 끌려가면 내 애가 다 끊어진다. 비라도 오는 날이면 에미 품이 그리워서 '할배, 비 온다. 보듬어 도. 엄마한테 가자.' 그러면서 보채는 소리가 내 방에까지 들리는 거라. 그라모 나는 귀를 양 손으로 꼭 누르고 이불을 뒤집어쓰고 온 밤을 꼬박 새우는 거지. 비만 오면 지금도 그때 아들이 울고 보채던 소리가 귀에 앵앵거린다. 나는 인제 이 방에서 식당으로, 성당으로 이리 살고 있어도, 비가 와도 비 맞을 일 없어도 비가 오는 기 싫다."

한센병에 걸려서 쫓기듯이 온 친정 동네는 안 씨 일가만 50여 명 있는 작은 마을이었다. 친정 아버지가 문중의 차종손으로 문

중의 일을 도맡아 보면서 덕을 쌓아 친정에서 무사히 두 아이들을 거둘 수 있었다. 율리아나 씨와의 대화는 아들에서 시작하여 아들로 끝난다. 시력을 잃고 앞을 보지 못하는 율리아나 씨는 카타리나 씨와 함께 기거하며 카타리나 씨의 도움으로 하루하루를 이어간다. 그 와중에도 명절이 가까워 오면 아들 내외와 손자 내외, 증손자들이 성심원으로 자신을 만나러 오는 것에 대한 자랑으로 하루가 부족하다.

가까이 두고 안아볼 수 없는 자식을 바라보는 어미의 심정은 감히 그 어느 누구도 이렇다 저렇다 말할 수 없으리라. 하지만 율리아나 씨의 아들에 대한 지나친 애착은 다른 한센인들에게 부러움의 대상이기도 하지만, 때로는 보이지 않는 피해를 주기도 한다. 자녀가 있어도 자주 오지 않거나 단종 시술로 아예 자녀를 갖지 못한 한센인들은 율리아나 씨의 지나친 아들에 대한 자랑이 부담스럽기만 하다. 레지나 씨는 그런 율리아나 씨를 부러워하면서도 자식을 두지 못한 자신의 신세를 뒤에서 한탄한다.

성심원에 봉사를 오는 손녀를 모르는 척해야 하는 막달레나 씨 같은 경우에는 절대로 율리아나 씨와 어울리지 않는다. 복도에 나와 앉아 이런저런 이야기를 하다가도 율리아나 씨가 카타리나 씨의 손을 잡고 나오면 슬그머니 방으로 들어가 버린다. 앞을 보지 못하는 율리아나 씨는 막달레나 씨가 있었는지조차 모르고 이야기를 나누는 사람들 사이로 앉지만, 그들마저도 얼마 지나지 않아 뿔뿔이 헤어진다. 애착은 과거의 기억을 현재에 머무르게 하지만, 현재를 결코 풍요롭게 하지 못한다.

"딸이 자라니 시집보낼 일이 걱정이었어. 그래서 딸에게 이제 그만 크라고 말했다. 정말 안 컸으면 싶더라. 내 밑으로 여동생이 둘 있었는데, 언니가 병 걸렸다고 혼사가 막히기도 했다. 큰 여동생은 난봉꾼인 줄 알면서도 보냈는데 평생 속을 썩고 온갖 고생을 다 했다. 내 죄가 너무 크다. 근데 딸은 여동생과는 또 다르잖나. 어미가 병자인데, 이 사실을 알고 파혼이라도 하면 그 아이 맘이 얼마나 상할까 싶어서 자꾸 크는 게 겁이 났다. 그 딸이 올해 예순여덟 살이다.

동네 총각 몇몇이 딸을 좋아하는 것 같았지만 내가 이러하니 혼기가 차도 적극적으로 나서지는 못했다. 그런데 어느 날 지금의 사위가 집으로 찾아왔다. '돈이 많이 없어 중매쟁이는 못 넣고 직접 왔습니다.' 하는데 믿음이 가더라. 하루는 딸에게 집 근처 양과점으로 나오라는 연락이 와서 가보니 시어머니 될 분과 시누이 될 사람이 와서 딸을 만나고 돌아가는 길에 골목에서 두 사람을 만났다.

나중에 알고 보니 시어머니는 내 딸이 양과자 먹는 걸 보고, 다른 친척은 골목에서 딸아이의 걸음걸이를 봤다고 하더라. 제대로 된 교육을 받았는지 알고 싶었던 게지. 바깥 사돈이 고등학교 서무과장인데, 나중에 이야기를 하다 보니 안사돈은 내 시어머니와 친구더라고. 딸이 생부가 있고 계모가 있다고 밝히니 사위가 괜찮다고 하면서 직접 생부를 찾아가 담판을 지었다. 그 딸은 지금 아주대학교가 있는 도시에서 살고 있다."

율리아나 씨는 자신이 뼈대 있는 집안에서 태어나 일제강점기에 고등학교를 졸업한 것을 자랑스러워했다. 늘 자신이 교양 있고, 사리분별이 뛰어나다는 것을 은근히 뽐내기도 했다. 그래서 자신은 비록 한센병에 걸렸지만 딸의 가정교육에 한 치의 어긋남도 없었고, 딸은 엄한 어머니와 외조부모님과 이모의 사랑 속에서 조신하게 성장했기 때문에 마을에서 일등 가는 규수였음을 수없이 말했다. 병에 걸린 어머니를 부끄러워하거나 숨기지 않고 당당하게 밝히고 꿋꿋하게 살아가는 딸이 자신을 닮았노라고도 했다. 영리하고 공부 잘하는 아들과 조신한 딸을 고등학교에 진학할 때가 되면 생부에게 보냈다.

"딸이 고등학교 들어갈 때 저거 아버지에게 보냈다. 진례에는 제대로 된 고등학교가 없었고 또 경제적인 어려움이 있어서 생부에게 보냈는데, 생부는 이미 재혼해서 후처와의 사이에 2남 2녀의 자식을 낳고 살고 있었다. 그 후처가 독한 여자였어. 딸이 부산여상에 합격

했는데 돈 든다고 안 보내고 데레사 여고 야간부에 보내더라. 어찌할 수 없으니 보고만 있는데 속에서 뭣이 부글부글거려. 그것도 모자라 낮에는 집안일을 식모처럼 시키네. 충무동에서 영도로 왔다 갔다 하는 시내버스 종점 주차장이 집 옆에 있었다. 딸이 야간학교를 마치고 집으로 돌아오면 계모가 대문을 잠그고 열어주지 않더란다.

딸은 추운 날씨에 대문을 두드리다 지치면 포기하고 때로는 친구 집에 가서 자기도 하고, 그마저도 안 되면 주차장 담 옆에 있는 대문 앞에서 쪼그리고 앉아 잠을 잤다. 한겨울에도 그런 일이 수시로 있으니까 동네에서도 다 알고 시내버스 안내양들도 딸의 신세를 알게 되었다. 막차를 타고 들어온 버스 안내양들이 딸을 발견하면 '또 쫓겨났네. 얼겠다.' 하며 입고 있던 안내양 잠바를 벗어서 덮어주고 가고는 했단다. 내 딸은 후처가 낳은 딸들 뒷바라지 해주며 그렇게 자랐다. 어쩌다 친구들이 놀러 와서 계모 하는 걸 보고 '콩쥐 팥쥐가 따로 없네.'라고 할 정도로 구박을 많이 받았다. 그리 고생하며 성장해서 딸은 2남 1녀를 낳았다. 외손자가 서울 농대 축산학과를 나와 광우병 검사센터인가 뭔가 하는 데에서 소장으로 있다."

오랜 기억은 빛바랜 사진처럼 선명하지 않다. 율리아나 씨의 말은 전후맥락이 연결되지 않는 점이 분명 있다. 안사돈의 연배가 자신의 시어머니와 같다든가, 마치 드라마 속의 장면 같은 후처의 매몰참은 비현실적이다. 하지만 중요한 건 이야기 속의 세세한 내용에 대한 사실 확인보다 그 이야기들이 품고 있는 그 무엇이다. 무엇이 한 사람으로 하여금 60년도 더 지난 일들에 몰입하게 하는가. 무엇 때문에 아흔을 바라보는 한 여성이 오래전의 일에 이리도 분노하는가. 매우 간단하게 답이 나올 듯하다가도 머릿속은 복잡해진다.

딸에 대해 묻는 나의 질문에 율리아나 씨는 대답을 해준 적이 없다. 딸이 여기 성심원으로 왔다는 말도 한 적이 없다. 오로지 자신의 이야기 속에서 딸은 살아 숨 쉬고 있었다. 명절이 다가오면 아들이 온다는 이야기는 늘 해도 딸이 온다는 말은 없었다. 그럼에도 나는 율리아나 씨의 말에 맞장구를 치며 같이 웃기도 하고 같이 한탄하기도 했다. 그래야 하니까. 사실일까 하면서도 사실로 받아들였다. 같은 이야기를 반복해서 듣다 보면 어느 순간 내가 그 이야기 속에 들어가 있기도 했다,

"우리 아들은 정말 머리가 좋았다. 내가 머리가 좋고 영리해서 내 아이들이 다 영리하다. 니가 그리 크게 웃는 걸 보니 내 말이 거짓부렁 같제? 참말이다. 나 닮아서 영리하다. 부산고등학교나 경남고등학교에 보내고 싶었다. 그런데 중학교 담임이 동래고등학교로 가면 장학금을 받을 수 있다고 해서 원서를 넣었는데, 내 아들보다 훨

"
오랜 기억은 빛바랜 사진처럼 선명하지 않다. 율리아나 씨의 말은
전후맥락이 연결되지 않는 점이 분명 있다. 하지만 중요한 건
이야기 속의 세세한 내용에 대한 사실 확인보다 그 이야기들이
품고 있는 그 무엇이다. 무엇이 한 사람으로 하여금 60년도 더
지난 일들에 몰입하게 하는가. 무엇 때문에 아흔을 바라보는 한
여성이 오래전의 일에 이리도 분노하는가.
ⓒ 김성리, 서로 의지하며 걷는 율리아나 씨와 카타리나 씨.
"

씬 공부를 못하는 애도 붙는데 내 아들은 떨어졌다. 나와 담임이 너무 수상해서 수소문하고 학교에 가서 항의하고 난리도 아니었다. 알고 보니 계모가 많은 뒷돈을 주고 아들의 답안지를 빼돌렸더라.

세상이 그렇다 보니 항의해도 소용없고, 할 수 없이 해동고등학교에 갔다. 그래도 연세대학교에 합격했는데 생부가 등록금을 주지 않아서 대학에 못 들어갔다. 그 길로 아들은 서울로 가서 불량배와 몇 년 동안 어울려 다니며 방황했다. 그때 내가 할 수 있는 일은 기도뿐이었다. 오로지 기도만 했다. 기적같이 아들은 방황을 끝내고 삼사관학교로 진학하여 무궁화훈장까지 받으며 중령으로 전역했다."

확인이 불가능한 이야기들이다. 도무지 메워지지 않는 큰 구멍을 가슴에 몇 개씩 달고 사는 이분들에게 사실을 확인하는 것은 무의미하다. 햇살이 따뜻하게 들어오는 방에 앉아서 오래전의 일들을 상기하며 주먹을 휘두르기도 하고 방바닥을 긁기도 하면서 앞을 못 보는 율리아나 씨가 하는 이야기를 듣고 있노라면, 문득 문득 내 자신이 햇살 속에 떠다니는 먼지 같다는 느낌이 드는 시간들이었다. 율리아나 씨는 자신이 두고 온 남편과 집, 그리고 남편의 재산에 대해 끝없이 집착하고 있었다. 어쩌면 그 집착이 율리아나 씨를 지탱하고 있었는지도 모를 일이다.

"남편에게 빌딩이 있었는데, 후처가 그 빌딩 1층은 세를 몇 개 주고 2층에 충무동에 다방을 차렸다. 하루는 아들이 학교를 마치고 집에 와서 밥을 달라고 하니 식모가 눈을 옆으로 뜨면서 갖다 먹으라고 하더란다. 꾹 참고 솥 뚜껑을 열어보니 그릇에 밥은 없고 먹고 남은 밥풀만 그릇 가에 붙어 있는데, 화가 나서 놓여 있던 밥상을 엎어 버리고 나와서 방황하다가 충무동 소방서 옆 다리 쯤에서 부친을 만나 싸웠다네. 그런데도 부친이 후처 편을 들어서 상가로 들어가 신문지에 불을 붙여 불 질러 버린다고 난리를 치니 옆에 섰던 세입자들이 말리지 않고 등이랑 팔을 실실 밀면서 불붙여 버리라고 부추기더란다. 그만큼 후처가 인심을 잃었던 거지.

자랄 때는 모른 척하던 이복형제들은 다 공부도 못하고 가정교사 들여 공부 시켜도 그렇게 자란 내 아들은 못 따라왔다. 그런데 이제는 '옛날에 우리 엄마는 왜 그랬을까. 참 부끄럽다. 큰어머니(율리아나 씨)는 안 그러시던데.' 하면서 미안해한다. 참 하느님은 공평하시다. 그 봐라. 내 아들이 고생하고 내 아들 잘못 되라고 온갖 패악질을 해도 우리 하느님은 다 내려보시는 기라. 이쁘고 착한 며느리 만나서 병 걸린 어미를 당당하게 드러내고 산다. 내가 여기 올 때 우리 아들과 며느리는 집 놔두고 거기 왜 가느냐고, 우리집이 어머니 집인데 어딜 가느냐고 붙들었다."

___나이 들어도 엄마는 늘 그립다

　아흔에도 어머니를 그리워하는 리디아 씨는 보는 것도 듣는
것도 어려워 직원들에게 의지해 지낸다. 경북 의성이 고향인 리
디아 씨는 스물네 살 때 발병했다. 전쟁 직후의 작은 마을에서 한
센병에 대한 치료제는 없었고, 애타는 어머니의 심정만이 치료제
였다. 붉게 돋아나는 결절이 점점 심해져 갈 무렵, 스물여섯 살에
고향을 떠나 떠돌아다니다 한 남자를 만났다. 5년 동안의 동거 끝
에 남은 것은 이러다 죽을 수도 있다는 두려움이었다. 남편을 피
해 몰래 소록도로 갔다가 뱃속에 아이가 자라고 있음을 알게 되
었다. 아이를 살리고 싶어 성심원으로 왔다.

　서른셋, 늦은 나이에 아들을 낳았다. 아들을 낳고 6~7년 후부
터는 양안 다 시력을 잃었다. 아들은 보육소에서 건강하게 자랐
다. 리디아 씨는 기억이 선명하지 않고 긴 대화가 어렵다. 그럼에
도 당시 어린 아들을 돌보아 주었던 이태리인을 잊지 않고 있다.
"수녀였나 아니었나 이태리 양모라 불렀어. 몰라. 유 신부님이랑
같이 마이 키아줬는데, 살았을까 죽었을까 생각이 나고 궁금해."
모든 기억은 뿌연 안개 속에 갇혀 있어도 아들과 연관된 기억만
은 그래도 형체를 갖추고 있다. 어쩌다 소식을 물어보는 아들의
전화가 끊어지기 전에 이 모든 인연의 끈을 먼저 놓게 해달라고

기도한다.

성심원에는 가슴 에이는 사연을 지닌 어머니들만 산다. 아들이 함께 살자고 해도 함께 살 수 없음을 잘 알고 홀로 사는 어머니도 있고, 보고 싶어도 볼 수 없어 애를 태우는 어머니도 있다. 납골 묘원에 있는 피에타 상을 바라보면 가슴에 지닌 이야기들을 어렵게 풀어놓던 그 어머니들의 얼굴이 떠오른다. 십자가에서 내려진 예수를 무릎에 올려놓고 성모 마리아는 슬픔과 비통에 가득 찬 얼굴로 앉아 있다. 자식의 죽음을 통해 세상의 고통과 슬픔을 어루만져주는 성모 마리아. 자신이 당한 고통을 사회의 어둠을 비추는 빛으로 승화시킨 성모는 성심원에 있는 여인들의 고통과 늘 함께한다. 그래서 성심원에는 두고 온 자식을 생각하며 그 자식을 위하여 자신에게 온 또 다른 자식을 거두는 어미도 있다.

"제가 아이를 두고 왔기 때문에 그 보속으로 그분을 선택했습니다. 남의 자식을 키운다는 것은 그리 쉬운 일이 아니었지요. 사랑보다는 미움이 많았고 힘든 부분이 너무 많았습니다. 그 아이들이 다 결혼하여 손자손녀가 8명이며 아버지가 돌아가셨는데도 지금도 저에게 잘해줍니다. 한 가지 소원은 두고 온 아들을 한번만 만나보고 죽으면 한이 없겠습니다. 34년 동안 한 번도 못 보고 살아왔으니 얼마나 독한 엄마입니까."

성심원 회보지에 실린 사비나 씨의 고백이다. 사비나 씨는 1964년에 소록도에 잠깐 가서 6개월을 살 때 2남 1녀의 자녀가 있는 남자와 재혼했다. 한센병에 걸리면서 두고 온 젖먹이 아들을 생각하며 23년 동안 2남 1녀를 살뜰하게 돌보았고, 남편과 사별한 1년 후에 성심원으로 왔다. 함께 살지는 못하지만 3남매는 사비나 씨를 어머니의 자리에 안착시켰다. 소록도에서 엄마 없이 자라던 그 아이들을 만나 정성껏 양육하며 신산한 마음을 달래었지만, 혈육에 대한 그리움은 사그라들지 않았다.

사비나 씨는 농사를 짓는 부모님의 8형제 중 막내로 태어나서 사랑을 많이 받고 부족함 없이 잘 자랐다. 임신 중에 무단히 오른손이 오그라져 갔고, 치료를 해도 소용이 없었다. 아이를 낳고 시댁과 남편의 요구대로 이혼하고 친정으로 돌아왔다. 한 걸음 뗄 때마다 귓가에는 아들의 울음소리가 쟁쟁거렸다. 그런 딸의 모습을 본 친정 어머니가 쓰러져서 몸져눕자 친정 식구들을 마주볼수 없었다. 흘깃거리는 이웃의 시선과 친정에 돌아올 후환이 두려워 당장 갈아입을 옷 두 벌만 보자기에 싸서 친정집을 떠났다.

정처 없이 떠돌다 전남 나주에 있는 현애원에 발길이 닿았다. "나도 어찌 그곳까지 갔는지 모르겠어. 다 하느님의 뜻이야." 그곳에서 하느님을 처음 만났다. 28년을 오로지 두고 온 아들과 자신 때문에 쓰러진 어머니를 위해 기도하고 또 기도했다. 일일이 말할 수 없는 많은 일들이 있었지만 사비나 씨가 스스로 배운 것은 한센인으로 살아가는 방법이었다. "이왕 사는 것 다 잊고 살아야지. 기쁘게 살아야지. 스스로 달랬어. 그 방법밖에는 없었어." 사비나 씨는 더 어려운 사람들을 도우며 지내다 치료차 들른 소록도에서 3남매를 가슴으로 낳았다.

젖먹이를 떼어놓고 보따리 하나 옆구리에 끼고 친정으로 돌아와야 했던 많은 어머니들이 성심원에 있다. 돌아올 친정이 있는 것은 행운이다. 두고 온 자식을 가슴에 묻은 채 길거리를 떠돌며 문전걸식하면서 삶을 이어왔던 어머니들은 여간하여 말을 하지 않는다. 하루 한 끼를 제대로 먹기 어려운 시간 속에서도 그녀들을 가장 괴롭힌 건 자식에 대한 그리움이었다. 임신 중일 때, 또는 출산 직후에 병의 증후를 감지했다는 분들이 더러 있다. 그럼에도 임신을 원망하거나 후회하지 않고 아이들을 그리워한다. 사비나 씨도 그들 중의 한 명이다.

두고 온 자식만 가슴을 때리는 건 아니다. 한센병에 걸리지 않은 나머지 자녀를 보호하기 위해 병 걸린 자식을 부정했던 어머니로 인해 가슴앓이를 한 소피아 씨는 "나는 우리 엄마에게 대못이었고, 우리 엄마는 나에게 대못이었지요."라며 주먹으로 가슴을 친다. 소피아 씨에게는 언니와 여동생이 있었다. 소피아 씨가 병에 걸리자 어머니는 나머지 두 딸의 미래를 염려하여 소피아 씨를 다락방에 가두다시피 했다. 불안감과 서러움으로 떨다가 스스로 성심원으로 들어올 때도 어머니는 눈물을 보이지 않았다.

지척에 친정을 두고도 마음대로 드나들지 못하고 시린 가슴으로 30년을 살았다. 중풍으로 쓰러진 어머니를 간병하며 모녀는 서러운 시간을 비로소 함께할 수 있었다. 어머니가 쓰러지자 소피아 씨는 매일 버스를 타고 진주로 가서 어머니를 간병했다. 어머니는 이제 함께 노인이 되어가는 딸의 손을 잡고 지난날의 고통을 이야기하고, 딸은 자신이 어머니께 뽑힐 수 없는 대못이었음을 이해했다. 모녀가 서로를 가슴에 품고 보낸 애증의 30년 세월을 어찌 말 몇 마디로, 글 몇 줄로 형언할 수 있을까.

소피아 씨의 기억 속 어머니는 지혜로운 분이다. "예전에는 마지막 가을 농사로 초가지붕을 새로 얹어요. 지붕 얹는 날은 그 집에서 밥을 해주는데, 보통 박 바가지에 밥이랑 반찬을 그냥 줍니다. 근데 우리 엄마는 나보고 넓은 감나무 이파리를 따오라고 해요. 감나무 이파리를 씻어서 밥 우에 얹고 이파리 우에 갈치 한 토막하고 김치를 얹어주는데, 어린 마음에 그 색깔이 너무 이뻐서 차마 못 묵고 한참을 봤어요." 소피아 씨는 작년에 얹은 볏짚을 걷어내고 올해 새로 나온 볏짚으로 지붕을 올리는, 가난했지만 가족이 함께 지냈던 그 기억을 품고 산다.

늘 아들을 그리워하던 수산나 씨의 가슴에 맺힌 또 하나의 응

어리는 어머니이다. 수산나 씨는 오빠와 남동생이 있는 외동딸이었다. 옛시절이었지만 딸을 귀하게 여겼던 어머니는 부를 때 이름 대신 꼭 "가스나야" 하고 불렀다. 경상도 지방에서 "가스나"는 친근하고 귀엽고 살가운 어린 여자나 친구에게 쓰는 정겨운 표현이다. 당시의 고만고만한 집에서 딸들은 남형제를 위하여 희생하는 것이 당연시 되던 시절이다. 하지만 수산나 씨는 어머니의 고집으로 열 살에 초등학교 학생이 되었다.

"여자도 배워야 한다고 어머니가 우겨서 좀 늦게라도 학교에 들어갈 수 있었다. 어머니는 밥장사를 했는데, 글자를 몰랐다. 그라께 여자도 배워야 한다고 그리 안 우겼겠나. 글도 모르고 밥장사하는 어머니였지만, 하나뿐인 딸은 공부도 가리치고 예쁘게 그리 키우고 싶어 하셨다. 세상 부모 다 그렇지만 그래도 우리 어머니 생각은 지금도 난다. 근데 왜 어린 시절에는 기억이 잘 났는데 중년 이후로는 이리 기억이 흐리지노? 그리 우겨서 힘들게 보냈던 학교를 나는 졸업식에 못 갔다. 우리 어머니가 나 대신 졸업장 받아왔지. 얼매나 울었을꼬. 나도 어미 되고 이리 늙어가니 새삼 어머니가 보고 싶다. 참 보고 싶다."

하루 종일 밥장사를 하고 돌아오면 고단한 몸을 누이지 않

66

자식의 죽음을 통해 세상의 고통과 슬픔을 어루만져주는 성모
마리아. 자신이 당한 고통을 사회의 어둠을 비추는 빛으로
승화시킨 성모는 성심원에 있는 여인들의 고통과 늘 함께 한다.
그래서 성심원에는 두고 온 자식을 생각하며 그 자식을 위하여
자신에게 온 또 다른 자식을 거두는 어미도 있다.
ⓒ 김성리, 성심원의 성모상.

99

고 병 걸려 오그라들고 있는 어린 딸의 손가락을 밤새도록 만지고 펴주던 어머니의 손길을 백발의 딸은 잊지 못한다. 수산나 씨가 열다섯 살에 애락원으로 들어갈 때 "글도 모리던 우리 어머니가 시장에서 국밥 말아 팔고 장사치들 밥해 준 돈 만 원을 내 치료해주라고, 잘 치료해서 꼭 낫게 해주라고" 애락원에 냈다. 수산나 씨는 '불효자는 웁니다' 노래를 들으면 어머니 생각으로 눈물을 흘린다. 그런 날은 하루 종일 그냥 울고 밤에 또 운다.

"하루는 집에 있는데 순경하고 동네사람들이 몰려오는 기라. 아버지가 대문 앞에서 "아(이)들 없다. 왜 이라노?" 하고 두 팔을 쫙 벌리고 버티고 서서 큰소리를 지르는 기라. 응, 우리보고 빨리 달아나라는 뜻이지. 언니하고 나는 뒷문으로 돌아서 또 산으로 간다. 가다가 보니까 우리 아버지가 앞으로 퍽 고꾸라지고 있는 기라. 순경이 집안으로 들어올라고 아버지를 사정없이 밀친 기라."

아버지는 큰딸에 이어 막내딸까지 한센병에 걸리자 절망했다. 동네에서는 소록도로 보내라고 날마다 아버지를 윽박질렀지만 아버지는 굴하지 않았다. 병 걸린 이후 우물가에서 동네 사람들에게 린치에 가까운 폭력을 당한 이후 반쯤 정신줄을 놓은 큰딸과 천지분간을 못하는 막내딸을 소문만 무성한 소록도로 보낼 수 없어서 부모는 들일을 하면서 교대로 집을 지켜봤다. 하지만 정신이 온전하지 못하고, 세상모르는 철부지라도 자신들의 눈앞에서 아버지가 맞는 것을 보고 두 자매는 소록도로 갔다. 그날 이후 레지나 씨는 꿈속에서만 고향집에 갈 수 있다.

경호강변 바람에
흔들리는 나뭇잎을 보면
어릴 적 오두막 돌담집이 생각납니다.

할아버지 할머니 오순도순 사는
그곳에 놀러 가 놀던 기억이 납니다.
저녁이면 굴뚝에서 모락모락 연기가 피어오르고
텃밭에선 채소가 무럭무럭 자라는
좁다란 오솔길을 따라 오르던 어릴 적 추억들

비바람에 흔들리는 느티나무 잎새들
바람이 불어주는
빠른 장단에 디스코 춤을 추고
느릿한 바람엔 전통 춤을 추는 그곳
가을이면 도토리 떨어지던 그 숲속

경호강 강가에 서서 어릴 적 추억의

오두막 돌담집에 가고 있습니다.

—레지나, 「추억의 오두막 돌담집」 2015년 8월 구술

언젠가는 아들이고 딸이었듯이 언젠가는 부모였다. 그러나 지금은 대부분의 한센인들이 그냥 한센병을 앓았던 사람들로 살아간다. 우리가 함께 산다는 것은 어떤 의미일까? 둥근 지구 위에서, 하나의 나라에서 산다고 함께 사는 것일까? 성심원에서 살아가는 한센인들을 보면, 함께 산다는 것은 공간을 공유하고 시간을 공유하는 배려가 선행되어야 하는 것이다. 그것은 내가 사는 공간에서 한센인들에게 자리를 내어주어야 한다는 뜻이기도 하다. 그러나 한센인들은 그들만의 공간에서 그들만의 시간을 보낸다. 말하는 이는 있어도 들어주는 이가 없는 공동체, 그래서 소록도도, 성심원도 장소가 어디이건 한센인들은 섬에서 산다.

그들만의 섬에도 가정은 있고 가족도 있다. 성장한 자녀들이 시간적 여유만 있으면 찾아오기도 한다. 간혹 복도를 지나다 웃음소리가 들리면 십중팔구 자녀가 함께 있다. 여름이 오면 다들 출입문을 열고 지낸다. 우연히 바라본 장면은 두고두고 기억에서 떠나지 않는다. 어머니와 딸이 거실에 나란히 누워 소곤소곤 이야기하는 모습을 한참 바라본 적이 있다. 먼 곳에서 사는 딸은 한

여름에 가정 일을 휴업하고 일주일 정도 머물다 갈 거라고 했다. 늘 나를 보면 들어왔다 가라고 말하던 그분은 웃으며 "더운데 얼른 가서 일 보소"라고 했다. 그날의 내 일은 그분을 만나는 것이었는데, 나도 그날 하루 휴업했다. 기분이 좋았다.

4

성심원의 봄

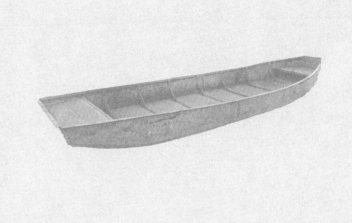

삶과 죽음의 길이 다르지 않았네

많은 생명체들의 희생 없이 오는 봄은 없다. 나무들은 모든 잎사귀들을 떨어뜨리고 맨몸으로 겨울을 지낸다. 혹독한 칼바람을 이기기 위해 자신을 온전히 던짐으로써 나무는 비로소 봄을 맞이한다. 성심원의 봄은 미처 나신을 가리지 못한 나뭇가지 끝에서 시작을 알린다. 지리산의 찬바람이 불어도 성심원 뜰에는 매화가 봉오리를 맺고, 산수유나무는 잎도 나기 전에 노오란 꽃잎에서 진한 향을 발산한다.

응달진 곳에 서 있는 매화는 뒤늦게 봄이 시작되었음을 알린다. 나이를 가늠하기 어려운 목련나무는 탐스러운 꽃망울을 달고 비밀스러운 문을 연다. 꽃샘추위가 오면 목련은 속절없이 하얀 꽃들을 잃어버리고, 성심원 곳곳에는 목련꽃잎차가 나오기 시작한다. 그즈음, 대성당 앞의 아름드리 벚나무는 꽃을 만개시키며 하늘마저 가려버린다. 나는 성심원 대성당 앞의 벚나무보다 아름다운 꽃을 피우는 벚나무는 본 적이 없다.

성심원의 봄밤은 황홀하다 못해 소름이 돋을 정도로 아름답다. 달빛을 받은 벚꽃은 밤바람에 흔들리며 군무를 추고, 바람은 꽃잎들을 납골묘원으로 데려간다. 납골묘원은 낮이나 밤이나 고즈넉하다. 살아생전 늘 외로웠던 분들은 이제 함께 있어 외롭지 않을까? 이 벚나무는 언제부터 있었을까? 어르신들은 벚나무 밑에 앉아 떨어지는 꽃잎들을 보며 어떤 생각들을 했을까? 벚나무는 곁에 머물다 간 어르신들을 기억할까?

성심원의 봄은 그렇게 무수히 많은 꽃잎들이 피고 지고 피는 시간들과 함께한다. 봄은 생명이며 희망이라고 한다. 정말 그럴까. 그 봄을 맞이하기 위해 스러져간 무수한 생명들에게 다시 오는 봄이 어떤 의미가 있을까. 살며시 모습을 나타내는 꽃망울을 보며 우리는 탄성을 터뜨리지만, 이 꽃망울을 위하여 나무가 숨을 멈추어야 했던 겨울의 시간을 생각하는 이는 많지 않을 것이다.

성심원을 무릉도원으로 만드는 벚꽃잎들의 군무를 볼 때마다 지나간 겨울이 떠오르는 건 성심원의 벚나무이기 때문이라 생각한다. 언제 나고 언제 갔는지도 모르는 분들의 영혼이 머물러 있는

> 언제 나고 언제 갔는 지도 모를 분들의 영혼이 머물러 있는 곳. 불러줄 이름도 남기지 못한 이들이 살았던 곳, 죽음보다 더 깊은 어둠의 터널을 지나 마지막 삶을 갈무리하는 분들이 살고 있는 곳, 성심원이다.
> ⓒ 김성리, 성심원의 벚꽃비.

곳, 불러줄 이름도 남기지 못한 이들이 살았던 곳, 죽음보다 더 깊은 어둠의 터널을 지나 마지막 삶을 갈무리하는 분들이 살고 있는 곳, 성심원이다. 그래서 성심원의 봄은 처연하다. 그리고 아름답다.

─성심원에는 삶과 죽음이 공존한다

오늘도 경호강물은 말없이 흐른다. 강변에서 어르신 한 분이 불편한 몸을 이끌고 무언가를 찾고 있다. 그 모습을 한참 동안 바라보다 도로 위에 덩그러니 놓인 휠체어를 지나쳐 천천히 걸었다. 강변에 접한 성심원의 입구 중 한 곳으로 들어와 수도원을 지나 대성당 뒤에 있는 납골묘원으로 향했다. 늘 찾아오는 곳, 올 때마다 새로운 느낌을 주는 곳, 입구에 있는 이름도 없고 생몰연대도 없는 돌무덤을 지나칠 때마다 가슴이 아린다.

나는 납골함 하나마다 네모 반듯하게 층층이 유골을 담고 있는 납골묘원의 묘지를 돌무덤이라고 부른다. 24기가 모셔진 화강암 납골함 한 개가 한 뼘의 땅마다 아파트처럼 놓여 있다. 돌 하나하나에 마음을 담아 쌓아올린 돌무덤은 아니지만 대성당을 바라보며 피에타 성모님의 눈길 아래에 놓여 있는 그곳은 많은 어르신들의 눈물과 회한과 함께 수도자들과 직원들의 사랑이 스며 있다. 언제 와도 햇살이 가득한 곳, 바람이 불어와 머무는 곳이다.

1월의 찬바람이 불어오는데, 어느 돌무덤 앞에 껍질이 곱게 벗겨진 작은 귤 세 알이 놓여 있다. 아마도 누군가의 기일이거나 아니면 살짝이 다녀간 것 같은데, 누구의 묘 앞에 놓아둔 건지 알 수가 없다. 어쩌면 그제 장례를 치른 분의 삼우제를 대신하는 것인지도 모른다. 그래도 잊지 않고 세 알의 귤을 놓고 간 그 마음을 아는지 성모상은 두 팔 벌리고 온화한 미소를 띠고 있다.

이곳에 오면 버릇처럼 돌에 새겨진 이름을 호명한다. 그러다 아는 이름을 부르면 눈물이 난다. 생몰연대도 없는 무명씨의 비석 앞에서는 발길이 쉽게 떨어지지 않는다. 머지않은 옛날, 한센인들은 수의도 관도 없이 땅에 묻혔다. 그나마 묻힌 그곳이 민족의 어머니 산으로 불리는 지리산 자락이라는 게 약간의 위안이 된다. 평지에는 묻힐 수 없어 비탈진 응달에 묻혔기에 성심원 납골묘원을 만들 때 유골이라도 수습할 수 있었다. 그래도 무덤마다 십자가가 있었던 공동묘원에서 온 유골은 생몰연대라도 알 수 있었지만, 그 이전에 매장된 이들은 유골만 남았다.

생존한 한센인들의 기억을 더듬어 유골을 수습할 때 하나의 매장지에 한 명의 유골만 있었던 건 아니다. 겨울에 사망하면 불편한 몸으로 꽁꽁 언 땅을 깊이 파는 게 너무 어려워 한번 팠던 곳의 주변을 또 파서 묻었다. 그래도 한 번 팠던 땅은 쉽게 곡괭

이질을 할 수 있었기에 그리 했던 것인데, 시간이 흐르고 흘러 유골은 땅 속에서 서로 섞여 구분할 수 없게 되었다. 또 그곳에 누군가를 묻었다는 사실을 미처 인지하지 못해 한 번 무덤으로 사용했던 장소가 또다시 무덤이 되기도 했다. 그렇게 묻힌 그들은 언제 사망했는지 언제 이 세상에 왔었는지, 심지어 그 유골이 누구인지조차 아는 이가 없어 "무명"이라는 이름으로 납골묘원에 모셨다.

"내 이름 넣으면 안돼요. 그럼 말 안 해줘. 누군들 알고 싶어하지 않는 건데…… 인자 말을 하면서 보니까 참 서러운 일인데, 그때는 뭐 그런 생각도 없었어. 하루하루 사는 게 버거워서, 내 사는 것도 버거운데 누가 죽었다고 예를 차리고 말고 할 게 없던 시절인데 말해 뭐 해? 묘소를 만든다 하대. 하, 세월이 하도 흐르고 보니 누군가를 어디쯤 묻었는데 그기 누군지, 거기가 여기 같고 아인 것 거 같고, 그러다 파보면 뼈가 나와."

"뼈만 나와? 확실히 말해야지. 글로 쓴다 안 하나? 한 구덩이에 머리뼈가 두 개라. 그러니 나머지 뼈가 이 머리에 붙었던 건지, 저 머리에 붙었던 건지 모르는 거지. 이기 사실이요. 그래도 수습해서 신부님이 성호 그어주고 뼈라도 하나씩 지 방에 앉혀주니 고맙지."

1월의 찬바람이 불어오는데, 어느 돌무덤 앞에 껍질이 곱게 벗겨진
작은 귤 세 알이 놓여 있다. 누구의 묘 앞에 놓아둔 건지 알 수가
없다. 잊지 않고 세 알의 귤을 놓고 간 그 마음을 아는지 성모상은
두 팔 벌리고 온화한 미소를 띠고 있다.
ⓒ 김성리, 성심원 납골묘원 앞의 귤 세 알과 성모상.

"그래도 묻은 구덩이 앞에 십자가라도 세워준 데는 안 그랬어. 근데 말이야, 아 십자가가 시간이 흐른께 그만 썩어서…… 그래서 그리 된 거지. 응달진 데는 나무 막대기로 박은 십자가가 더 빨리 썩은 거 같어."

두 분의 이야기 속에는 서글픔이 깊게 배어 있다. 떠올리고 싶지 않은 과거를 힘들게 들려주며, 한사코 자신들의 이름을 쓰지 말라는 것은 아직도 아물지 않은 상처 때문이리라. 올 때마다 반복되는 이 상황이 이제는 낯설지 않지만, 알 수 없는 서러움은 여전하다. 어르신들이 생활하는 공간의 한쪽에는 이렇듯 죽음의 광장이 고즈넉하게 자리 잡고 있다. 삶이 있어 죽음이 있는지, 죽음이 있어 삶이 있는지 나는 아직 모른다.

성심원에는 삶과 죽음이 공존한다. 누군가가 생을 마감하면 방송으로 부음을 전한다. 몇 년 전까지만 해도 성심원에서 장례를 치르고 납골묘원에 묻혔다. 간혹 자녀가 모셔가기도 하지만 많은 분들이 함께 지냈던 이웃이자 동반자였던 남겨진 한센인들의 배웅을 받으며 이승을 떠나갔다. 혈연의 상주는 없어도 한센인들은 순번을 정해 고인의 마지막 길을 지켰다. 상막(喪幕)에는 기도 소리가 끊이지 않았고, 직원들이 정성껏 장만한 음식으로 이별의 예식을 지켰다.

어떤 날은 아침에 부고를 들었는데, 저녁에 또 다른 부고가 전해지기도 한다. 어떤 때는 어제 납골묘원에 모셨는데, 오늘 다시 상막이 차려지기도 한다. 한센인들을 위하여 성심원을 찾아온 사람들의 춤과 노래가 이어질 때, 어느 분은 종부성사를 마치고 행사 반대편 문을 나와 외부의 장례식장으로 떠나는 일도 있다. 성심원 바깥의 장례식장은 늘 적막하다. 상주가 있어도 형제나 자녀들 외의 문상객은 없다. 상주가 없으면 성심원 직원들만이 상주이며 문상객이다.

"우리는 받아들이기 어려워. 뭔 법인지 몰라도 죽으모 이 세상에서 잊힐 사람들이 태반인데, 덩그러니 사진만 놓고…… 그럴 걸 뭐한다고 추운 냉동고에 3일씩이나 눕혀놔. 숨 끊어지모 그냥 팍 태워버리지."

피붙이가 없어도 성심원에서 장례를 치르면 가족장이 된다. 여생을 보낸 내 집인 성심원에서, 정들었던 직원들의 손길을 느끼며 찾아오는 이웃들의 애도 속에서 납골묘원에 안장된다. 하지만 외부의 장례식장에는 한센인들이 발길 닿는 대로 갈 수 없다. 성심원에서 미니버스를 운영할 때만 장례식장에 다녀올 수 있다. 하루에 한 번, 또는 두 번을 운행해 준다고 해도 오며가며 들를 수 있는 곳이 아니다. 휠체어를 타고 자유롭게 갈 수도 없다. 그래서 피붙이가 없는 한센인들의 서러움은 분노로 나타난다.

레지나 씨도 그중 한 사람이다. 레지나 씨는 누군가의 부고가 들릴 때마다 숨 끊어지면 바로 태워달라고 한다. 형제도 자녀도 없으니 올 사람 아무도 없는데, 장례식장에 사진만 3일씩 덩그러니 놓이는 게 싫단다. 평생을 외롭게 살아왔는데 죽어서도 홀로 날밤을 새는 것이 너무 싫단다. 외롭게 살아온 이승의 삶이 저승까지 그대로 가는 게 정말 싫은 것이다. 평소에는 별 말씀이 없는 분들도 장례 이야기만 나오면 분노에 가까운 절망감을 드러낸다. 살아 있는 사람이 죽음 이후를 미리 사는 것이다.

> "우리 영감은 화장하는 거, 그거 절대 안 한다고 노래 불렀어. 그건 두 번 죽는 거라고 싫대. 반 뼘이라도 땅에 묻힐 거라고 했거든. 자식들이 그 소원은 들어줬다 하더라고."

이레네 씨는 작년 여름에 돌아가신 남편의 이야기를 할 때면 빼놓지 않고 하는 말이 있다. "진짜 땅에 묻었는지 내 눈으로 보고 싶어." 두 번 죽기 싫으니 불에 태우지 말고 꼭 땅에 묻어달라고 했던 남편의 소망이 정말로 이루어졌는지 보고 싶은 게다. 아들이 모셔가서 치료를 했지만 회복하지 못하고 먼저 간 남편의 생전 소망이 이루어졌는지 직접 확인하고 싶어하지만, 남편이 잠들어 있는 평택은 너무나 멀다.

──그리고 나에게 남긴 한마디 : 고맙습니다

엊그제도 이틀 연속으로 초상이 났다. 한 분은 자녀가 모셔갔지만, 한 분은 산청에서 장례를 치렀다. 계절 탓인가. 처음 겪는 일도 아니건만 마음이 심란하기만 했다. 레오 씨를 만나 알맹이 없는 이야기를 한참 동안 나누었다. 올 겨울은 춥다더니 별로 안 춥다는 둥, 아직 한겨울이 아니어서 그렇다는 둥, 이렇게 초에 비가 오면 겨울 내내 안 춥다는 둥, 레오 씨와 주거니 받거니 하다가 그만 줄초상이라는 말을 하고 말았다.

"그래도 지금은 좋아졌지. 예전에 수백 명이 살 때 말이지. 아, 하루는 그만 세 명이 저 세상을 가. 아침에 한 사람, 낮에 앞서거니 뒤서거니 두 명이 가더라고. 그때는 시신을 놓고 병풍을 앞에 세우는데, 마을에 병풍이 두 개뿐이야. 할 수 없이 병풍 대신 담요를 급하게 쳤지. 시신을 싣고 화장장으로 가는데, 차 한 대에 관 넣는 데가 한 군데만 만들어져 있어. 할 수 없이 우리가 앉아 가는 그 중간에 관

두 개를 포개서 싣고 갔어. 그때는 별 생각도 없었고, 어서 장례를 치러야 된다는 생각뿐이었는데. 암만 우리가 없이 살아도 그래서는 안 되는 거였어. 시신을 포갠 거나 뭐가 달라."

레오 씨는 줄초상이라는 말을 하고는 당혹감을 감추지 못하는 나를 못 본 척하며 "간발의 차이로 떠났는데, 가는 모습은 그리 다르더라고"하며 허허허 웃는다. 마치 영화의 한 장면을 듣는 것 같다. 하루하루를 버티며 살던 이들이 자신들의 곁을 떠나가는 이웃을 위하여 무엇을 해줄 수 있었을까. 그럼에도 오랜 세월 동안 그렇게 보낸 기억을 잊지 못하고 가슴 깊이 묻어두고 있는 저 마음속은 어떤 풍경일까. 나는 감히 그 마음을 헤아릴 수 없다.

"예전에는 초상이 나모 가서 십시일반 도왔지. 그런데 소쿠리 하나 제대로 없는 집들이 많았어. 나물이며 하다못해 파를 씻어 건져도 소쿠리가 있어야 하는데 그것마저 없어. 이집 저집에서 소쿠리 빌리고 대야 빌리고…… 참 그렇더라고. 그래서 나는 큰 소쿠리를 몇 개 장만해서 늘 집에 두고 있었어. 뭐 소쿠리로 장례 치르는 건 아니지만 나 죽은 뒤에 '유스티나 집에 소쿠리 하나 제대로 없더라'는 말은 안 듣고 싶어서 그랬지."

유스티나 씨는 소쿠리 이야기를 간혹 한다. 유스티나 씨가 남편과 둘이 사는 집은 방 2개, 욕실 1개, 부엌 겸 거실이 1개, 다용도실 겸 베란다가 있다. 베란다에 서면 성심원 넓은 뜰이 내 집 정원처럼 펼쳐져 있다. 베란다를 둘러봐도 큰 소쿠리는 보이지 않는다. 여기저기를 두리번거리는 나를 보며 유스티나 씨가 "벌써 내다 버렸어. 하나는 누가 줬으면 해서 주고 하나는, 그것도 오래되니까 삭아서 버렸어."라며 겸연쩍어 한다. 제대로 된 소쿠리 하나 없었던 한센인들의 살림살이가 어떠했을지는 짐작이 간다. 소쿠리가 없는 살림살이에 집집마다 큰 대야가 있을 리 만무하니, 한 집에 초상이 나면 성심원 전체의 초상이 되던 시절이었다.

성심원에 와서 방송으로 부고를 처음 접했을 때, 나는 황망했다. 조문을 가는 게 맞는지, 조문을 가면 부조금을 내어야 하는지 등과 같은 소소한 것들이 어려웠다. 또 상주를 만나서 나를 어찌 소개해야 할지도 막막했다. 그렇다고 아무나 붙들고 물어볼 수도 없는 노릇이었다. 그때는 성심원에서 장례를 치르던 때이니 모른 척하고 있기는 더 힘들었다. 용기를 내어서 요양원 1층 장례식장으로 가서는 전혀 예상하지 못했던 광경을 보았다. 여느 장례식 풍경과 다르지 않았던 것이다.

직원들은 바쁜 와중에도 음식을 장만하고 있었다. 고기와 전과 떡 등 풍성한 음식을 마련하고 있었고, 복도에 놓인 탁자와 의

자에는 직원들이 장만하는 음식을 안주 삼아 막걸리와 소주를 기울이며 고인의 이야기를 나누는 한센인들이 모여 있었다. 상주 없는 상막에는 고인의 사진과 성심원에서 마련한 국화 화환과 제사상이 차려져 있었다. 모두가 상주이고 모두가 조문객이었다. 거동이 가능한 분들은 고인의 영정을 앞에 두고 시간 맞춰 기도를 드렸다. 죽은 자에게는 안식이, 남겨진 자들에게는 작은 축제 같은 장례식이었다.

때로는 삶이 죽음보다 힘들다. 나이 들고 거동이 불편한 한센인들은 또래의 일반 노인들의 삶보다 하루하루 지내는 게 지난하다. 수산나 씨는 나를 볼 때마다 하느님이 너무 게으르다고 탄식했다. 책읽기를 좋아하고 이야기 나누는 걸 좋아하던 수산나 씨는 성경을 읽을 수 없고, 미사도 참석할 수 없는 상황이 되자 매일매일 죽음을 찾았다. 언젠가는 죽는다는 죽음의 미래적 가능성이 현재 삶의 희망이 되는 어처구니없는 상황 앞에서 나는 대꾸할 그 어떤 단어도 찾아낼 수가 없었다.

"나를 데려갈 때가 지났는데, 지금까지 뭐한다고 나를 이리 내버려두는 건지, 김 선생 네가 하느님한테 물어봐라. 나는 인자 그만 살고 싶다. 하루가 너무 힘들다. 앞도 안 보이지, 걷지도 못하지······. 이리 기저귀 차고 앉아서 하루 종일 숨만 쉬면 뭐하노. 다른 사람들은 잘도 데리고 가시더니 나는 왜 이리 모른 척하시노. 참말로 너무 힘들다. 하느님이 원망스럽다. 아직도 낮잠 자는가 물어봐라."

수산나 씨가 늘 죽음을 기다린 건 아니다. 처음 만나서부터 몇 년의 시간이 지나 스스로 거동이 어려워질 때에도 삶에 대한 희망을 잡고 있었다. 그러나 어느 날 문득 느낀 다리의 통증이 봉와직염으로 판명되고, 한 달이 두 달 되고 6개월을 넘겨도 병은 낫지 않았다. 보행기를 잡고 조심스럽게 걷던 것마저도 금지되고 방 안에서 꼼짝 못하고 있는 시간만큼 수산나 씨의 신경은 고슴도치 털마냥 곤두서고 마음은 지쳐갔다. 웅크리고 잠든 곁에 한참 동안 앉아 있어도 잠을 깨지 않는 날이 많아졌다.

무단히 시작된 다리의 봉와직염은 수산나 씨의 모든 것을 조금씩 뺏어갔다. 안검외반으로 감기지 않는 눈은 늘 충혈되어 있고, 가까이 가서 목소리를 들려주어야 비로소 나를 알아보기 시작할 정도로 시력은 나빠졌다. "인자 다돼 가는갑다. 팔도 아프제, 눈도 침침하제, 입도 아프제, 장이 안 좋아서 변이 자꾸 흐르고 머리도 아프고." 언제부터인가 수산나 씨와 나의 대화는 수산나 씨의 "나 좀 죽게 해주라"에서 시작하고 끝났다.

"다음에 올 때는 나 죽는 방법 갖고 오니라"는 말 속에서 삶에 대한 강한 의지를 느낄 때면 발걸음이 무거웠다. 어느 날 수산나 씨는 집중케어실로 옮겨지고 의식은 더욱더 혼미해졌다. 삶에 대한 마지막 용기였을까. 먹고 싶은 음식들을 말하고, 희미해지는 의식 속에서도 음식을 넘기는 행위를 멈추지 않았다. 오늘밤을 넘기기 어려울 것 같다는 예상을 깨고 수산나 씨는 다음날 아침을 계속 맞이했다.

집중케어실에서 만난 수산나 씨의 몸은 작은 솜뭉치였다. 수산나 씨의 얼굴에 귀를 갖다 대면 숨을 몰아쉬며 "아들이 온단다. 오모 안 되는데, 지가 힘든데"라며 고개를 가로 저었다. 그러나 얼굴에는 간절한 기다림이 묻어 있었다. 의식이 남아 있을 때 수산나 씨는 삶을 마무리했다. 자식처럼 자신을 돌봐준 직원들에게, 긴 시간 의지처가 되었던 유의배 신부와 수도자들에게, 갈 곳 없던 자신의 몸을 누이게 해주었던 성심원에 수산나 씨는 자신의 마음 한 자락을 남겨두었다.

가물거리는 기억 속에서도 귀에 입을 대고 내가 왔음을 알리면 "고맙습니다"라는 말을 작은 소리로 반복했다. 온몸이 불편하여 꼼지락거렸지만, 정작 자신의 힘으로 할 수 있는 건 없었다. 앙상한 다리 한쪽도 자신의 힘으로 움직이지 못했다. 그리도 그리워하던 아드님이 곁을 지키고 있었다. 수산나 씨는 아들이 곁에 있는 것을 알고 있을까. 아들의 목소리를 듣고 아들의 손길을 느끼고 있을까. 왜 우리는 함께 마주보고 웃으며 이야기 나눌 수 있을 때 곁에 있어주지 못할까.

"이제는 사는 것도 지겹고, 사는 것보다 죽는 게 더 좋다."라던 수산나 씨는 영면하자 눈을 감았다. 생전에 감기지 않던 두 눈의 눈꺼풀이 먼저 간 두 아이를 만난 듯이 살포시 포개졌다. 마치 아무 일도 없었던 것처럼 곱고 평온한 얼굴로 어린 두 아이가 기다리는 곳으로 떠났다. 자신을 버리고 아들의 온전한 삶을 기원했던 모정은 이름도 없이 살다가 강물처럼 흘러갔다. 그 이름 석 자는 성심원 납골묘원 돌에 새겨졌다. 세월이 흐르면 누가 기억할까. 저 돌에 새겨진 이름 석 자의 주인인 수산나 씨의 삶을. 그리고 나에게 남긴 한 마디, "고맙습니다." 그것은 이 세상을 향해 남긴 수산나 씨의 마음이다.

──육친의 마지막을 함께하지 못하는 슬픔

율리아나 씨는 집중케어실에 찾아가면 내 손을 놓지 않았다. 간간이 내가 누군지 알아봤지만 제대로 된 대화는 나눌 수 없었다. 마른 장작처럼 뻣뻣하고 거친 손가락, 스스로는 펴지 못하는 손가락에서 그 힘이 나온다는 게 믿어지지 않았다. 율리아나 씨는 수산나 씨와 달리 삶에 대한 애착이 강했다. 죽고 싶어하지 않왔고, 이야기는 늘 한센병에 감염되기 전의 시절에 머물러 있었다. 어떤 이는 이승을 떠나고 싶어하고, 어떤 이는 떠나고 싶어하지 않는다. 명확한 것은 성심원에서 떠나가는 모든 분들에게는 내 삶의 마지막 자락에 늘 누군가가 곁을 지켜줄 것이라는 믿음이 있다는 것이다.

"내가 여기 처음 왔을 때, 환자들을 보는 게 너무 싫었어. 그들의 얼굴이 내 얼굴 같고, 내가 저런가 싶었어. 그래서 나가지도 않고 웅크리고 있었어. 하루는 잠이 안 와. 별 생각 없이 창밖을 보는데, 웬 사람이 컴컴하고 어두운 길을 걸어서 심한 병자가 있는 집 쪽으로 가는 거야. 나는 처음에 미친 사람인가 싶어서 무섭더라고. 한참 있으니까 그쪽에서 나와. 키도 별로 안 커. 낮에 우연히 그 사람이 또 그쪽으로 가는 걸 보고 따라가 봤지. 하이고, 나는 처음 봤다. 사람 팔이 꼭 뱀 같애. 환자 살이 뱀가죽이야. 말라비틀어진 데다 피부가 거뭇거뭇하게 얼룩이 져 있고 떨어져 있는 데도 냄새는 어찌 나는지. 그런데 그 사람이 흉측한 그 팔을 꼭 안고 죽어가는 환자에게 얼굴을 대고는 입도 맞추고 환자 옆에 바짝 앉아서 기도를 하는데, 갑자기 눈물이 막 나. 기도는 뭐라고 하는지 알아듣지도 못했지. 유 신부님이었어. 나는 나중에 그분이 스페인에서 온 신부님인 걸 알았어. 매일 중환자 방문 가고, 한밤중에 묘지에서 기도하고…… 30년이 지났는데도 안 잊혀져."

유 신부에 대한 믿음은 막달레나 씨도 다르지 않다.

"영감이 병원에 있다가 안 된다고 해서 모셔왔거든. 그런데 내
가 끼니도 겨우 해묵는데 병구완을 제대로 해결할 수가 없어. 그래
서 내가 여기 요양사로 오자고 했어. 여기로 오기 전날 내가 해드리
는 밥을 어찌도 맛있게 드시던지. 한 그릇 묵고 더 달라고 해서 소복
이 담아주니 그것도 다 먹더라고. 그리고 여기로 와서 다음날 가셨
지. 우리 유 신부님이 마지막 가는 길을 잘 지켜주셨어. 아마 저승 갈
때 배 안 고플라고 그리 먹은겨. 우리 영감이 젊었을 때나 나이 들어
서나 참 배를 많이 곯았거든. 지금도 그때 밥을 소복이 먹인 게 참 잘
했다 싶어. 살아서 배고팠으니 죽어서는 안 고파야지."

가족이 없는 한센인에게도 가족이 있는 한센인에게도 삶의
마지막 시간에는 늘 유의배 신부와 직원들이 있었다. 내가 죽더
라도 홀로 남겨지지 않을 거라는 확신, 유 신부가 내 삶의 마지막
을 배웅해 줄 거라는 믿음은 변하지 않는다. 수십 년을 한센인으
로 살아온 율리아나 씨는 처음 본 끔찍한 형상을 한 동료 환자보
다 그 환자를 품에 안고 기도하는 유 신부의 모습에 더 충격을 받

았다. 그 기억 때문이었을까. 율리아나 씨에게 유 신부는 성직자 이상이었다. 유 신부에 대한 믿음은 율리아나 씨와 막달레나 씨 처럼 내가 만난 모든 분들이 한결 같았다.

그런 유 신부에게도 육친의 마지막을 함께하지 못한 슬픔이 있다. 유 신부는 1976년 1월 27일에 한국으로 들어와 1977년 봄에 진주에 있는 칠암동 수도원 양로원 지도신부로 부임하였다가 주문진 본당 보좌, 제주도 글라라 수녀원 등을 거쳐 1980년에 이 곳 성심원 성당 보좌 신부(1983년부터 주임 신부)로 온 이래 성심원을 떠난 적이 없다. 유 신부는 6·25 전쟁으로 폐허가 된 한국의 이야기를 라디오로 들었다. 그 후부터 한국에 와서 한센인들을 돌보고자 했다. 성심원에 정착한 유 신부는 한 달에 몇 번씩 스페인에 있는 부모님께 편지를 쓰다가 어머니가 돌아가신 후로는 10년 동안 일주일에 한 번씩 아버지에게 편지를 보냈다.

"일주일 동안 있었던 일들을 일기처럼 썼어요. '아버지, 오늘은 어디쯤에 서까래를 올리고 언제쯤 지붕을 얹을 것이고, 소풍을 어디로 갔으며 여기 있는 아이들과 이렇게 이렇게 놀았어요.' 다 써서 아버지께 보냈어요. 10년이 지나고, 그날이 3월 23일이에요. 아버지가 돌아가시고 스페인 집에 갔는데, 내가 10년 동안 보낸 편지가 모두 보관되어 있었어요. 깜짝 놀랐어요. 동생이 그걸 나에게 보여줬

> **"**
> 가족이 없는 한센인에게도 가족이 있는 한센인에게도 삶의 마지막
> 시간에는 늘 유의배 신부와 직원들이 있었다. 내가 죽더라도 홀로
> 남겨지지 않을 거라는 확신, 유 신부가 내 삶의 마지막을 배웅해 줄
> 거라는 믿음은 변하지 않는다.
> ⓒ 김성리, 유의배 신부의 사제실 벽 풍경.
> **"**

지요. 1992년에 어머니 돌아가시고 10년 후에 아버지가 2002년 3월 23일에 돌아가셨어요. 토요일에 위독하다는 연락을 받았는데 비행기표가 없었어요. 제일 빠른 게 월요일이어서 그걸 예약해 놓고 기도했어요. 아버지 보게 해달라고. 그런데 일요일 오전에 돌아가셨어요. 슬펐어요."

유 신부의 한국어는 어눌하다. 44년째 한국에서 살고 있지만, 40년의 세월을 한센인들과 지내면서 한국어가 늘지 않았다. 성심원에 계시는 분들 중에서도 한센병의 후유증으로 발음이 정확하지 않은 분들이 더러 있다. 한때는 한꺼번에 500~600명이 넘는 한센인들이 모여 살던 성심원에서 39년 동안 유 신부는 500~600여 명을 떠나보내고 그중 150여 명의 염을 직접 했다.(1997년 1월 22일~2012년) 염을 전문적으로 하는 분들조차 성심원에서 돌아가시는 분들의 염을 꺼렸기 때문이다. 한센인의 주검을 닦고 깨끗한 옷을 입히는 염은 그 어떤 죽음이라도 모두 가슴 아프고 소중한 사람들이기에 마지막 가는 길만은 평안하기를 바라는 유 신부의 기도이기도 하다.

"무서웠어요. 나는 처음 봤어요. 얼마나 다정하고 착한 사람이었는데, 치매가 오니까 나를 알아보지도 못하고 막 소리 지르고 발버둥치는데 무서웠어요. 그래도 기도해 주고 싶었어요. 마리아가 남긴 아이들이 있어요. 그래서 마리아가 어서 낫기를 기도했어요. 더 나빠졌어요. 아, 그때 정말 힘들었어요. 아이들이 있잖아요."

마리아 씨의 증상이 치매였는지, 깊어 가는 병으로 인한 섬망 증상이었는지는 알 수 없다. 오래전의 일임에도 유 신부가 생생하게 기억하는 것은 마리아 씨가 남기고 간 아이 때문이다. 그 아이는 이곳에서 유 신부의 보살핌과 직원들의 보호, 한센인들의 애틋한 시선 속에서 자랐다. 유 신부는 성심원에서 태어나고 자라는 아이들의 학부형이기도 했다. 부모 대신 학교에 가서 담임을 만나고, 서툰 한국어 실력으로 숙제를 도와주고 운동회에 가서 아이들과 함께 뛰었다. 그 세월 동안 유 신부의 검은 머리, 검은 수염은 백발이 되었다. 그러나 유 신부의 가슴 한 켠에는 임종을 지키지 못한 부모님에 대한 그리움이 고여 있다.

___나는 기도한다, 부디 좋은 곳에서 웃고 계시기를

죽음을 피해갈 수는 없다. 하지만 그 죽음을 앞당기고자 하는 사람들이 있다. 떠도는 말에 의한 장소일 것이라고 생각하지만, 아예 없었던 장소라고 할 수도 없는 그런 곳이 있다. 다른 곳과 달리 나무들이 띄엄띄엄 있는 경호강변의 그곳을 지날 때마다 몇몇 한센인에게서 들은 이야기가 떠올라 한참을 바라보기도 한다. 직접 보지 못했지만, 떠도는 그 말이 사실이라면 그곳은 또 다른 죽음의 장소이다. 거기에서 생을 스스로 마감시킨 그분들도 나를 모를 것이고 나도 그분들을 모르지만 걸음을 멈추고 기도한다. 부디 좋은 곳에서 웃고 계시기를.

1940년생인 돈 보스코 씨의 호적에는 1942년 2월 14일로 기재되어 있다. 또래의 우리나라 어르신들의 다수가 실제 나이와 호적 나이가 다르다는 점을 감안할 때, 이 사실은 그리 문제가 되어 보이지 않는다. 하지만 우울증을 앓고 있던 돈 보스코 씨에게 두 개의 나이는 트라우마였다. 두 개의 생일은 가난하고 배움이 짧았던 부모님과 자신의 유년이기 때문이다. 어려운 가정 형편으로 초등학교를 중퇴한 돈 보스코 씨는 늘 자신의 배움이 짧음을 한탄했다. 가난했기에 병의 징후를 알고도 2년이나 방치했고, 한센병임을 확신하고 난 이후에도 제대로 된 치료는 받지 못했다.

"열네 살 때인가 좀 이상했어. 내 몸은 내가 알지. 초등학교도 못 마치고 그냥 집에서 농사일을 거들었어. 그때는 이 병에 대해 알음알음 알려져 있고, 그랬어도 뭐 별다른 치료약이 있었는가. 있어도 살 엄두도 못 냈고. 부모님한테 이야기는 했지. 다 하루 묵고 살기도 어려운데…… 걱정도 있는 사람들이 하는 게지. 한 2년 지나고 열여섯 살이 되니까 딱 오더라고. 걸렸구나!!! 60년이 지났어. 너무 오래 산 거 같애."

돈 보스코 씨는 가을이 무섭다. 자주 보지는 못해도 있다는 사실만으로 힘이 되고, 그래도 병든 몸으로 잘 살았다 싶은 마음을 들게 하던 기둥 같던 아들이 가을에 사고로 사망했기 때문이다. 오래전부터 있던 우울증은 가을이 되면 더 심해지고, 직원들은 바쁜 와중에도 그 사실을 늘 염려했다. 무더운 여름날에도 옷을 단정하게 차려입고 언제나 의자에 앉기를 권했다. 성심원 어디에나 있는 팔걸이 없는 의자에 내가 앉고서야 이야기를 시작했다. 방에는 작은 옷장과 낡은 침대, 그리고 의자 두 개뿐이었다.

방바닥이 언제나 깨끗했다. 지저분하고 끈적거리는 것이 싫어서 자주 닦는다고 했다. 낮은 목소리로 살아온 이야기를 전하며, 헤어질 때는 "또 오시오."라며 문 앞까지 배웅했다. 키가 크고 훤칠한 외모를 가진 돈 보스코 씨는 어린 시절의 가난과 배우지 못한 한과 아들을 먼저 떠나보낸 회한에 젖어 있을 뿐, 한센병을 원망하지도 않고 한센인으로 살아온 지난 세월들을 한스러워하지도 않았다. 다만, 지금의 삶이 너무 무겁다고 했다. 이제 그만 가고 싶다고도 했다. 그런 말을 들은 날에는 나도 우울했다.

가을이 깊어갈 때 돈 보스코 씨는 간다 온다 말도 없이 떠나 갔다. 여름을 지나며 유난히 말수가 적어지고 침대 가장자리에 멍하니 앉아 있는 시간이 많아졌다. 마치 세상을 초연한 것처럼 순간순간 정물화 속의 인물처럼 그렇게 앉아 있기도 했다. 성심 원에 계신 분들은 나름대로 삶의 물결을 지니고 있다. 해일 같은 물결을 지니기도 하고 잔잔한 시냇물 같은 물결을 지니기도 한 다. 하지만 가을이 오면서 돈 보스코 씨에게서는 어떤 물결도 느 낄 수 없었다. 그리고 스스로 생의 초침을 멈추었다.

"여기 있는 사람들 중에 한 번도 그런 생각 안 한 사람은 없습니 다. 나도 몇 번 시도했는데, 그게 성공하기가 너무 어려워요. 아, 직 원들이 발견을 너무 빨리 해요. 이거는 나만 아는 건데, 한 번은 성공 할 수 있었어요. 좀 깊이 들어갔거든요. 그런데 그 나뭇가지가 보기 와 달리 좀 약했던가 봐요. 잘 있어라, 나는 간다 하고 아득했는데 눈 을 뜨니까 땅바닥에 고꾸라져 있는 거요. 허허허, 그 담부터는 안 하 지. 나도 모르게 버둥거리고 순간 겁도 나고, 그게 아매 네 번짼가 다 섯 번짼가. 어어, 이름 밝히면 안 돼. 세례명도 안 돼. 직원들이 도끼 눈을 뜨고 나를 감시할 낀데."

아저씨는 마치 풍랑을 헤치고 육지에 오른 마도로스의 무용

담처럼 말하며 자꾸 웃었다. 죽는 것보다 사는 게 더 어렵다는 말로 들렸다. 늘 즐겁게 웃으며 "요런 데 자꾸 오모 시집 못 가는데"라며 놀리던 개구쟁이 같은 모습 뒤에 숨겨져 있는 아픔을 의미 없는 웃음으로 감추고 있었다. 성심원 어디에서든지 볼 수 있는 노란색 의자를 보면 정물화 같았던 돈 보스코 씨의 마지막 모습과 땅바닥에 고꾸라진 채로 '또 실패했다'고 되뇌는 아저씨가 떠오른다.

"뭔 소릴 들었어. 기억 안 나. 하여튼 그때 너무 설워서 내가 죽어뻬야 된다고 생각했어." 베르다 씨는 죽겠다는 생각으로 경호강가에 섰다. 자기만 없으면 이 모든 서러움과 고통이 끝날 것이라고 생각했다. 홍수가 지나간 경호강에는 흙탕물이 무서운 속도로 흐르고 있었다. 누런 흙탕물을 한참 보고 있으니 무서움과 억울함이 같이 밀려왔다. 처음으로 경호강물이 무서워졌다. 그리고 이상하게도 살아야겠다는 마음이 들었다. 그때의 마음을 40여 년이 지난 지금도 잊지 않고 있다.

생의 시계를 스스로 멈추고 떠나간 분들에 대한 기억을 지닌 채 한센인들을 돌보는 직원들의 트라우마도 가볍지 않다. 많은 시간이 흘러도 잊혀지지 않고 가슴 한쪽을 무겁게 짓누른다. "그 기억이 너무 힘들어서 나가는 직원도 있었습니다. 특히 신경 쓰고 있다가 다른 분을 잠시 돌봐드리고 보면 사라지고 없지요. 정

신없이 찾아 헤매다 그 모습을 딱 발견하면 버티기 쉽지 않습니다." 더 잘 보살피지 못했다는 미안함, 막을 수 있었다는 자괴감으로 자책하다 더는 못 견뎌 나갔다는 몇몇 직원의 사연은 지금도 진행 중이다.

성심원에는 한센인의 죽음만 있는 건 아니다. 성심원은 한센인들을 위하여 봉사하신 분들의 죽음도 품어준다. 성심원에 계시는 분들의 발이 되어주었던 박 씨 아저씨도 집중케어실에서 생을 마감했다. 박 씨 아저씨는 한센인이 아니었지만 성심원에 계시는 분들의 친구이기도 하고, 그분들을 시장으로 병원으로 모시고 가던 차를 운행하며 가족처럼 지냈다. 일반 요양원으로 가지 않고 가까이 지내던 한센인들처럼 그렇게 자신의 마지막 시간을 성심원에서 보내며 시 세 편을 남겼다. 세 편의 시에는 그가 어떤 마음으로 살아왔는지, 남겨두고 가는 성심원 친구들에게 무슨 말을 하고 싶었는지가 담겨 있다.

—그대 함께 있음에 외롭지 않고 행복하였습니다—

그날, 청산은 화려한 자태로 아쉬운 작별을
아름다운 결실로 가는 곳마다 가득할 것입니다.

그대 함께 있음에 외롭지 않고 행복하였습니다.
그리고 "사랑합니다"라는 말 꼭 전합니다.

그날에는 모든 것에서 자유로움을 감사하며
평화를 노래합니다.

낙엽들이 바람에 날리어 어느 골짜기에
머무는 것처럼 내 마음 가는 곳이 어데라도
좋을 듯합니다.

청산은 말하거늘 우리는 알지 못하고
언제나 그러하듯이 오늘도 침묵 속으로
밤이슬을 맞이합니다.
　　　―「無題 1」, 『장단 없어도 우린 광대처럼 춤을 추었다』 중에서

　침묵 속으로 들어온 밤이슬은 달빛을 품고 새벽빛 속으로 사라진다. 짧은 순간을 살다 가는 밤이슬이 영롱한 것은 달빛과 새벽빛을 함께 품고 가기 때문이다. 나는 박 씨 아저씨와 직접 대화를 나누지 못했다. 처음 시 한 편을 전달받고 어떤 마음으로 이곳에서 살았는지를 가늠했다. 두 번째 시를 전달받고 만나고 싶었

으나 어쩐 일인지 그러지 못했다. 세 번째 시를 또 받고 방문했을 때, 그분의 침대는 비어 있었다. 3주 동안 친구를 통해 나에게 시 세 편을 보내고 떠난 박 씨 아저씨는 성심원에 와서 내 마음 한구석에 쌓이는 옹이 중의 하나이다.

___또 하나의 자유, 또 하나의 평화

어쩌면 성심원에 계시는 분들에게 죽음은 또 하나의 자유이자 평화일지 모른다. 죽음은 삶처럼 나를 한 곳에 붙들어매지 않는다. 바람에 날리어 가는 낙엽처럼, 꽃비 되어 떨어지다가 바람 따라 하늘 저 멀리 날아가는 벚꽃잎처럼 그렇게 자유로운 것인지도 모른다. 기껏 살아야 100년이 채 되지 못하는 우리들의 짧은 삶을 지리산은 늘 침묵으로 지켜보며 우리들의 영혼을 알 수 없는 그곳으로 인도하지 않을까. 나는 이분들을 보며 가장 깊은 언어는 신의 침묵이라고 믿게 되었다.

침묵 속에서 만들어져 침묵 속으로 사라지지만 밤이슬 안에는 어둠을 밝히는 빛이 있어 영롱하다. 슬픔을 품고 밤이슬처럼 가신 분들이 잠들어 있는 곳에서는 쉽게 발걸음이 떨어지지 않는다. 아네스 씨는 그런 분들 중 한 분이다. 아네스 씨는 납골묘원에서 만났다. 처음 만났을 때는 스쳐 지나갔다. 두 번째 만남에서는 묘비에 손을 대고 간절하게 기도하는 모습이 안스러워 멀리에서 사진을 찍었다. 세 번째 만남에서는 사진을 보여주었다. 그때에서야 타고 온 전동 휠체어에 실린 작은 보따리가 눈에 띄었다.

"울 영감 산소예요. 매일 와서 잘 지내는지 묻고 좋아하던 과일 몇 개 놓고 기도합니다. 옛날에는 3년 상을 했잖아요. 3년은 매일 와야 할 것 같아서요. 아침에 젤 먼저 여기 왔다가 집에 가서 혼자 밥 묵어요."

아녜스 씨가 매일 와서 만나고 가는 할아버지는 대건 안드레아 씨다. 사람들의 발걸음이 뜸한 이곳에서 매일 아침마다 만나는 아내의 기도 소리에 대건 안드레아 씨는 행복할까. 홀로 남겨두고 간 아녜스 씨 생각에 가슴이 미어질까. 대답이 있을 수 없는 질문을 혼자 해본다. 이곳 납골묘원에 계신 분들 중 사연 없고 슬픔 없는 분이 있을까. 이런저런 생각에 잠겨 목례를 남기고 가는 아녜스 씨를 바라보다가 걸음을 옮기려는 순간 등 뒤에서 아녜스 씨가 조심스럽게 말을 건넸다.

"내일이 울 영감 생일인데, 우리집에 아침 잡수러 오실라우?"

대건 안드레아 씨의 생일상에는 팥을 넣은 잡곡밥, 소고기 미역국, 몇 가지 나물, 김치, 김과 딸기, 그리고 이웃들이 있었다. 누군가 기억해 주는 동안은 삶이 지속된다. 육신은 가고 없어도 그가 남긴 사랑의 흔적은 집안 곳곳에 배여 있었다. 3년 동안만 매일 묘원을 방문하고자 했는데 벌써 4년째 그러고 있다고 했다. 차가운 돌 너머로 그리운 이의 손길을 느끼며, 살아 있는 듯이 생일을 기억하는 이가 있어 대건 안드레아 씨가 그 집에 예전처럼 머물고 있다는 느낌을 지울 수 없었다. 왁자지껄한 웃음소리와 함께 주인공 없는 대건 안드레아 씨의 생일은 빛났다.

아녜스 씨는 대건 안드레아 씨를 나자로 마을에서 만났다. 첫 결혼에서 아들을 낳았지만 발병 이후 남편과의 기억은 아픔으로 남아 있다. 너무도 그리운 아들은 오랫동안 가슴에만 품었다. 아녜스 씨의 정갈한 방 한쪽 벽은 온통 아들의 사진으로 도배되어 있었다. 늠름한 군인의 모습으로, 혈기 왕성한 젊은이의 모습으로, 가정을 꾸리는 출발점인 결혼사진 등 아들의 일생을 보는 것 같았다. 다행히 새로이 꾸민 가정은 아녜스 씨의 기억을 치유하고 아들과의 왕래가 가능해질 수 있는 촉매가 되었다.

대건 안드레아 씨는 여섯 살에 부모 손에 이끌려 일본으로 갔다. 그곳에서의 고된 생활은 한센병을 가져왔고, 병든 몸으로 쉰 살에 한국으로 돌아왔다. 대건 안드레아 씨는 이웃에 폐 끼치는 걸 극도로 조심했다. 폐를 끼치는 이웃도 멀리 했다. "조용하고 예의바르고, 나에게 한 번도 나쁜 말을 한 적이 없어요." 아네스 씨는 눈을 감고 남편을 회상했다. 곁을 떠난 지 4년이 지나도 그리운 마음은 더 깊어만 간다는 것을 아네스 씨 눈가에 맺히는 눈물이 말해 주었다.

"나는 사랑받았어요. 보호받고 사랑받는다는 게 그런 건 줄 처음 알았어요." 25년 동안 사랑받고 사랑하며 살았다. 대건 안드레아 씨는 뇌종양 진단을 받고 1년 7개월을 버텼다. 그동안 아네스 씨는 남편에게 종양이라는 병명과 시한부라는 사실을 숨겼다. 알면 충격 받아 더 일찍 이 세상을 떠날까 봐 그랬지만, 시간이 지나면 지날수록 병을 숨긴 게 한이 될 줄 몰랐다. "미안하고 죄스러워요. 그리도 집에 오고 싶어 했는데…… 나에게도 하고 싶은 말이 있었을 텐데, 내가 그걸 다 막았어요." 12월 31일날 병원에서 나왔지만 집으로 돌아오지는 못했다. 집중케어실로 옮겨져 일주일 뒤, 1월 6일에 떠났다.

첫눈이 소복이 내리던 날, 아네스 씨는 그리도 그리워하던 남편과 함께 납골묘원에 누웠다. 그날은 대림절 셋째 주일이었다. 고별식이 예정된 미사가 있는 성당에 갈 때 한두 송이 내리던 눈은 운구차가 떠날 때쯤에는 펑펑 내렸다. "이제 큰 짐을 내려놓았습니다. 마주보고 목소리를 듣지 못한 게 한이 되고 가슴 아프지만, 어머니도 나도 서로 큰 짐을 내려놓았습니다. 어머니 홀로 남겨두고 내가 먼저 갈까 봐 그게 가장 두려웠습니다." 아네스 씨의 아드님은 눈물을 머금고 담담하게 말했다. 나는 그 말이 낯설지 않았다.

"내가 여기 있어야, 멀리 있어야 내 아들이 편해."라고 말하던 아네스 씨의 목소리가 들려왔다. "나도 살고 지도 살아야 해서 집을 나왔어요. 아들 의지해서 살았는데, 내가 아들에게 짐이 되고 장애가 되는 건 병에 걸린 것보다 더 끔찍했다우. 어디 간다 언제 간다 말도 없이 나왔어요. 나를 찾는다는 건 알아도 나는 이미 죽은 사람이었수. 이 병에 걸린 순간 나는 죽었지. 죽은 사람이 산 사람 만나면 산 사람이 지레 죽어요." 시간을 건너 재회한 모자의 사이는 좋았다. 서로의 아픔을 누구보다 잘 알기에.

아네스 씨는 참으로 건강하고 자신감에 차 있었다. 그 자신감의 근원이 아들이었음을 돌아가신 뒤에야 알았다. 늘 한센인 어머니를 염려하고 가까이 두고 싶어하는 아들의 존재는 성심원에서 살아가는 분들에게는 큰 뒷심이다. 쓰러지던 그날 아침에도 아네스 씨는 큰 양파 그물 주머니에 은행을 두 자루 가득 주웠다. 아들이 좋아한다고, 나중에 손질해서 보낸다고 했다. 혈연의 부자지간은 아니더라도 대건 안드레아 씨가 아들을 참 많이 챙겨서 생전에는 같이 은행을 주웠었다는 말도 빼놓지 않았었다.

66

어쩌면 성심원에 계시는 분들에게 죽음은 또 하나의 자유이자
평화일지 모른다. 죽음은 삶처럼 나를 한 곳에 붙들어매지 않는다.
바람에 날리어 가는 낙엽처럼, 꽃비 되어 떨어지다가 바람 따라
하늘 저 멀리 날아가는 벚꽃잎처럼 그렇게 자유로운 것인지도
모른다. ⓒ 김성리, 납골묘원 전경.

99

바람에 실려온 낙엽들이 성심원 마당에 쌓이기 시작할 무렵, 라자로 씨가 돌아가셨다. 라자로 씨는 내가 방문하면 말문을 닫고 내 얘기만 들었다. 그 표정에는 '너는 누군데 한 번씩 와서 그리 재잘거리고 가노?'라는 경계심이 가득 들어 있었다. 시간이 지나면서 건강은 나빠지고, 어느 날 "나 가고 나면 저 사람은 어쩌지?"라고 했다. 홀로 남겨질 아내 걱정이었다. 자신이 걸어온 지난 삶에 대한 얘기를 하지 않는 대신, "나 죽으면 와서 국밥 한 그릇 먹고 가소." 하며 희미하게 웃었다.

장례식장은 썰렁했다. 장례식장 도우미는 졸고 있었고, 영정 사진을 보며 혼자 절을 하고 있을 때 가족들이 상막 옆 작은 방에서 나왔다. 일행이 밖에 있어 라자로 씨와 했던 약속을 지키지 못했다. 라자로 씨의 처제가 음료수와 귤을 싸 주었다. 라자로 씨가 주는 국밥을 꼭 먹겠노라는 약속을 지키지 못한 채, 고속도로 위에서 내내 라자로 씨가 준 귤을 까 먹었다. 라자로 씨의 처제가 한 말이 자꾸 떠올랐다. "이런 병을 앓다 가서 아무에게도 연락 못했어요. 딱 직계 가족밖에 몰라요. 이리 와줘서 우리 형부가 좋아할 것 같네요." 일행은 핑계였다. 나는 그날 그 자리에서 라자로 씨가 차려준 국밥 한 그릇을 먹어야 했다.

모두가 그런 건 아니지만 많은 한센인들이 생전에 가족이나 친지로부터 배제된 삶을 산다. 어쩌면 강제로 지워진 삶일지 모른다. 한센인은 죽음도 지워지는 사람들이다. 한센병을 천형(天刑)이라고 표현하는 것은 병에 걸리지 않은 사람들의 비겁한 변명이다. 이 세상에 천형은 없다. 아니, 우리에게는 같은 사람에게 천형이라는 표현을 할 자격이 없다. 한센병이 천형인지 아닌지는 오직 하늘(天)만이 안다. 한센병에 걸렸다고 한센인이라고 부를 권한도 우리에게는 없다. 일각에서 말하는 한센병력인이나 한센인이나 무슨 차이가 있을까.

5

다시 봄이 온다, 우리들의 봄이

우리는 한센인입니다

'님의 마음으로' 맞이하는 봄

올해의 봄이 작년의 그 봄일까. 우리의 선조들은 어떤 마음으로 사계절에 한글 이름을 붙였을까. 눈에 보이는 건 앙상한 나뭇가지, 메마르고 얼어붙은 땅, 매서운 바람과 황량한 들판이 전부인 겨울을 지나온 땅에 올라오는 새싹들, 나뭇가지마다 트는 연초록 움들을 보며 그 기쁨과 안도의 마음을 '봄'이라는 단어에 실었지 않았을까. 한 개인의 시점으로 보면 태어나서 자라고 자손을 퍼뜨리며 삶을 마무리하니 인생의 봄은 한 번이지만, 우주 삼라만상을 다스리는 신의 시점으로 볼 때, 봄은 어디에나 언제나 있다.

많은 한센인들은 그들의 삶이 봄일 때, 또는 봄의 문턱에서 마음의 죽음을 맞이했다. 한센병에 걸린 순간부터 그들은 끝을 알 수 없는 캄캄한 동굴 속으로 떨어지고, 뒤이어 찾아온 고난은 그들의 삶을 겨울 속에 가두어버렸다. 하지만 그 누가 알았을까. 경호강 건너편 지리산 그늘에서 그들만의 봄이 가꾸어지고 있었음을. 요한 씨가 표현한 "성심원 평화시대"가 움트고 있었음을.

살아남은 자는 강하다. 긴 겨울을 견뎌내고 움을 틔우는 자연의 생명력보다 더 강한 것은 없다. 한센인들의 생명에 대한 의지와 삶에 대한 열망은 봄의 그것만큼 강하다. 그래서 한센인들의 삶의 모습은 아름답다. 성심원에 들어서면 '항상 기뻐하십시오. 늘 기도하십시오. 어떤 처지에서든지 감사하십시오.'라는 원훈을 쉽게 찾을 수 있다. 그와 함께 있는 문구는 '님의 마음으로'이다. 성심원 한센인들 삶의 아름다움은 원훈으로부터 나온다는 것을 알 수 있다.

한센인들이 인생의 봄 문턱에서 맞이한 죽음과 같았던 좌절과 고통은 긴 시간의 터널을 지나 이제 새로운 봄으로 탄생하고 있다. 성심원도 사람 사는 곳이니 갈등이 있고, 크고 작은 사건들도 있다. 그럼에도 성심원이 아름답고 한센인들 삶의 모습이 아름다운 것은 강하게 살아남아 더불어 살기 때문이다. 산청성심원에는 한센인들만 살지 않는다. 사회에서는 정상적인 생활이 불가능한 중증 장애인들이 한센인들과 함께 산다. 같은 마당을 걷고 같은 나무 아래에서 땀을 식힌다.

> 성심원에 들어서면 '항상 기뻐하십시오. 늘 기도하십시오. 어떤
> 처지에서든지 감사하십시오.'라는 원훈을 쉽게 찾을 수 있다. 그와
> 함께 있는 문구는 '님의 마음으로'이다. 성심원 한센인들 삶의
> 아름다움은 원훈으로부터 나온다는 것을 알 수 있다.
> ⓒ 산청성심원. 성심원의 뜰에 모여 앉은 어르신들.

한센인들은 차라리 죽음이 더 평온할 것만 같던 그 시간들을 견
뎌내고 또 견뎌낸 '님의 마음으로' 갈 곳 없어 헤매던 자신을 받아
준 성심원에서 또 다른 희망을 만들어가고 있다. 성심원에는 자식
의 죽음을 가슴에 품고 그 고통으로 세상의 눈물을 닦아주는 성모
마리아가 성심원 뜰에, 납골묘원에, 오솔길 산책로 끝에서 미소 짓
고 있듯이, 한센인들은 자신들이 걸어온 삶의 길 끝에서 새로운 길
을 만들고 있다. 지금도 저 길 어드메에서 성심원의 또 다른 봄이
기지개를 켠다.

── 성심원의 하루는 새벽 4시에 시작된다

계절이 언제이든 여명이 오기 전에 방마다 불빛이 켜지는 모
습은 경이롭다. "뭐 일어나모 캄캄하지. 얼굴 씻고 묵주기도하고
옷 입고 성당 가지." 불편한 손으로 하는 일들은 무엇이든지 많
은 시간을 필요로 한다. 단추 하나 채우는 것도, 바지 하나 껴입는
것도 시간이 오래 걸리고 힘이 든다. 그래도 일어나서 묵주기도로
하루를 시작한다. 성당에서 돌아오면 아침을 먹고, 그러면 오전 8시
가 조금 넘는다.

성당에 갈 수 없을 정도로 거동이 불편해도 일찍 일어나 기도

로 하루를 시작하는 것은 다르지 않다. 주일 미사 때마다 요양사 1층에 있는 성당에 갈 수 없는 한센인들을 위하여 2층 집중케어실로 올라와 영성체를 접할 수 있게 해주는 신부님이 고맙다. 미사가 끝난 후 가정사 복도는 활기를 띠기 시작한다. 서로의 안부를 묻고 어제는 나왔는데 오늘은 미사에 나오지 않은 이웃의 문을 두드려도 본다. 가정사 집집마다 직원들의 아침 방문이 시작되는 시간이기도 하다.

뒤이어 여기저기서 반찬 냄새와 밥 냄새가 나기 시작하고 9시 가까이 되면 산청읍이나 진주 시장으로 운행하는 차를 타기 위하여 여기저기서 전동 휠체어가 하나씩 나온다. 대부분이 고령이고 발이 불편하여 거의 모든 한센인들이 전동 휠체어를 타거나 지팡이를 짚고 유모차를 밀고 다닌다. 가정사 모든 건물은 1층, 2층, 3층마다 전동 휠체어가 진입할 수 있도록 층별로 출입구가 만들어져 있다. 밖으로 나가는 차가 떠난 자리에는 빈 휠체어들이 나란히 줄을 서서 주인들이 시장에서 돌아오기를 기다린다.

한센인들이 말하는 '사회'나 '바깥'에 나가려면 성심교를 지나 경호강을 건너야 한다. 아치형 다리를 건너 오른쪽 강변길을 따라 나가면 진주로, 굴다리를 지나 왼쪽으로 가면 산청읍이다. 산청읍에서 원지 방면으로 나가는 군내 버스는 다리 앞에 선다. 풍현 정류장은 한센인이나 성심원을 방문하는 사람들, 드물게 성심

66

성심원에는 자식의 죽음을 가슴에 품고 그 고통으로 세상의
눈물을 닦아주는 성모 마리아가 성심원 뜰에, 납골 묘원에, 오솔길
산책로 끝에서 미소 짓고 있듯이, 한센인들은 자신들이 걸어온
삶의 길 끝에서 새로운 길을 만들고 있다. 지금도 저 길 어드메에서
성심원의 또 다른 봄이 기지개를 켠다.
ⓒ 김성리, 경호강변에서 사색하고 계시는 어르신.

99

원을 거쳐 지리산 둘레길을 다니는 등산객이 이용하므로 성심원 앞에 정류장이 있어도 좋으련만 경호강을 건너 성심원 맞은편에 있다.

예나 지금이나 경호강을 건너야 성심원 밖으로 나가야 하는 건 변함없지만, 그 길은 많이 바뀌었다. 고무보트에서 나무배로, 철선으로, 그리고 다리가 만들어졌다. "다리 개통할 때 말도 못해요. 그때 군수도 오고 저기 높은 분들도 마이 왔어요. 잔치였다니까." 다리 이야기만 나오면 한센인들에게 무용담처럼 떠오르는 기억이 있다. 12년 동안 세상과 연결해 주던 성심교가 폭우에 무너졌다. 비는 그치고 불어난 경호강물은 "굉음"을 내며 흐르고 있었다.

"문제는 짐승들 먹이라요. 우리야 뭐 굶는 데 이력이 있어도 갸들은 굶어봤대요? 저기 강 너머 창고에는 밖에서 들어오는 수재구호물품이 쌓이고 돼지랑 닭들 사료가 있어도 여게는 아무것도 없어요. 창고에 있으모 뭐해요. 전부 걱정만 태산인데, 발만 동동 구르는 데 수사님이 풍덩 강물로 뛰어들어요. 그걸 보고 건강하고 젊은 환자 서이도 뛰어들었지."

원장직을 맡고 있던 수사와 한 명은 무사히 강 건너편에 닿았다. 한 명은 강물에 휩쓸려 떠내려가다가 모여든 한센인들에 의해 구출되었지만 한 명은 그대로 강물과 함께 흘러갔다. 돼지와 닭은 한센인들에게 생명줄보다 더 귀한 존재였다. 가축은 아이들을 공부시키고 남들처럼 살아갈 수 있다는 희망 그 자체였다. 강 건너에는 구호품이 쌓이고 사료 수급이 어찌 되는지 알 수 없는데, 강물이 언제 줄어들지, 줄어들어도 철선으로 얼마만큼 사료를 실어 나를 수 있을지 모든 것이 불확실한 그 상황에서 수백 명의 한센인들을 책임져야 하는 수사가 할 수 있는 일은 강물에 뛰어들어 헤엄쳐 가는 것이었다.

그런데 기억은 참 묘하다. 어떤 분은 첫 번째 다리 떠내려갔던 때로 기억하고, 어떤 분은 두 번째 다리가 떠내려갔던 때로 기억한다. 어떤 분은 사료가 걱정되어 강 건너에 가봐야 하는데 물이 빠질 때까지 기다릴 수 없어 그랬다 하고, 어떤 분은 '그냥 객기로, 장난으로' 험한 강물에 뛰어들었다고 한다. 한 가지 명확한 것은 다리가 유실되면서 기르던 돼지와 닭들이 전멸하다시피 떠내려갔고, 가축의 오물로 냄새 가득하던 성심원이 깨끗하게 청소가 되었다는 것이다.

두 번째 다리가 만들어지기 전 3년 동안 철선은 다시 성심원을 세상과 연결해 주는 유일한 통로가 되었다. 첫 번째 다리가 만들어지기 전, 소나무로 만든 배가 수명을 다하자 성심원에서는 아예 철선을 만들기로 하고 주문 제작했다. 철선은 나무배보다 강했다. "산청 장에 가서 고기(생선)를 사오모 배가 기우뚱할 때 그걸 놓치요. 그라모 고기가 배 바닥에 펄쩍 하고 쏟아지고 비린내 나고, 사람들이 꽉 타모 발에 밟히고 그래서 나무배 때에는 잘 못 샀는데, 철선은 고기가 쏟아져도 배에 냄새가 안 배이니까 너도 나도 고기를 사다 날랐어요."

1961년도에 주문한 철선이 왔다. 이전의 나무배와 달리 철선에는 20여 명까지 탈 수 있었다. "그때 뱃사공 이름이 인제였나, 그 집 아 이름이 인제였나, 하여튼 인제라고 불렀거든요. '인제야 배 갖고 오이라, 인제야, 인제야', 어른도 아이도 마이 불렀어요." 뱃사공인 황 씨는 방학이 되어 아이들이 집으로 오면 배에 태워 강을 왔다갔다 해주기도 했다. 비라도 많이 오면 배를 건져올려야 하니 강으로 나오라던 방송의 기억도 생생하게 남아 있다. 소피아 씨는 철선의 기억을 자작시 「나룻배」에서 표현하기도 했다. 경호강이 얼어도 운행이 가능했던 철선은 한센인들과 10여 년을 동고동락하다가 1972년 성심교가 개통되면서 창고에서 10여 년을 쉬었다.

1984년 폭우로 성심교가 떠내려가자 철선은 창고에서 나와 3년여 동안 한센인들의 발이 되어 주었다. 3년 만에 첫 번째 다리 지점에서 원지 방향으로 옮겨 지은 두 번째 다리는 얼마 지나지 않아 태풍 셀마와 함께 사라졌다. 다행히 세 번째 다리는 다음 해를 넘기지 않고 준공되었다. 첫 번째 다리가 있었던 그 지점에 아치형으로 만들어져 지금까지 성심원과 함께 지내는 중이다. 지금 철선은 가정사 입구 커다란 꿀밤 나무 아래에서 오는 이를 맞이하고 가는 이를 배웅하며 많은 벌들의 집이 되어준다.

열대야가 기승을 부리는 여름밤이면 성심교에 마실 가는 사람들이 많다. 수녀, 에어컨이 없는 가정사의 한센인들, 직원들이 다리 위에서 더위를 피해 서성인다. 다리 위에 서 있으면 강 저쪽에서 불어오는 바람과 어디선가 들려오는 맹꽁이 울음소리, 다리 아래를 흐르는 강물소리가 어울려 여름밤이 풍성해진다. 버스에서 내려 다리를 지나다 보면 끝이 보이지 않는 다리 양쪽 강의 풍경에 발걸음이 저절로 멈추어진다.

그러나 스스로 이 다리를 지나 '바깥 세상'에 나가기 어려운 한센인들은 자신들이 가여워 눈물 난다는 이야기를 자주 한다. "남 가는 데에 못 가니 처음에는 성도 나고 서럽다가 차차 적응이 되더라." 격리되어 살아가는 환경에 적응이 되더라는 안나 마리아 씨는 가슴이 답답하고 숨이 막히는 증상을 가지고 있다. 참다가 힘들면 처방 받은 약을 먹는데 토할 것 같다고 하소연한다. 양측 모두 손이 없어 많은 것들을 직원에게 의탁하는 게 미안하고 또 미안하다.

─바깥세상은 어떤 곳일까

　막달레나 씨는 허리 통증이 너무 심했다. 마치 허리가 잘려나가는 것 같은 통증에 시달리다 입원했다. 중환자실에 입원한 관계로 직원들의 도움도 봉사자의 도움도 받을 수 없었다. 두 다리가 없어 화장실에 갈 수 없어서 의족을 차게 해달라고 했지만 간호사가 허락하지 않았다. 그래서 먹지 않았다. 먹지 않고 수액에 의존해 있어도 가까이 와서 왜 먹지 않는지 아무도 묻지 않았다. 약을 줄 때에도 간호사는 멀찍이 서서 팔을 쭉 뻗었다. 다른 환자는 옷도 갈아입혀주고 침대 시트도 갈아주고 가까이에서 이야기 나누면서도 며칠 동안 옷을 갈아입지 못해 쉰냄새가 나고 시트는 땀에 젖어 축축한 자신의 모습을 보며 퇴원을 결심했다.

　"퇴원하는 날 아침에 변비가 심하다고 하니까 알약 두 개를 주면서 병원에서는 묵지 마라 해. 두세 시간 있어야 효과가 나니까 나가서 묵으라 카대." 성심원 요양사 방으로 돌아와 약을 먹었다. 방 안에서 요강에 볼일을 봤다. 의족을 풀어버렸으니 엉덩이로 밀고 화장실을 갈 수 있을 거라고 생각했는데, 약의 효과는 그런 여유를 주지 않았다. 방 안에 있는 화장실에도 갈 수 없을 정도로 급했다. "요강 한 가득이야. 아무리 직원이라도 그걸 어찌 부탁하노." 차마 직원을 부를 수 없어서 손이 자유로운 카타리나 씨를 불러 비웠다. 그렇게 요강을 두 번 비우고 나니 배가 고팠다.

"여러 명이 누워 있는데, 의사가 문 앞에서 큰 소리로 '한센병 양성입니까?' 하고 묻대. 참말로 지랄 같았어." 돈 보스코 씨는 그 날로 우울증이 더 심해졌다고 했다. 베드로 씨도 그 병원에서 같은 일을 경험했다. 레지나 씨의 상황도 비슷했다. 의사가 "한센병 이라고요?"라며 큰 소리로 말하자 같은 병실의 환자가 노골적으로 비난을 쏟아냈다. 문제를 야기한 의사는 레지나 씨에게 1인실로 옮기든지 다른 병원으로 가는 게 좋겠다고 했다. 이런 이야기를 듣는 날이면 하루 종일 마음이 우울하고 화가 났다. 집집마다 왜 그렇게 약이 많은지, 병원과 약국을 다니는 곳만 고집하는지 비로소 알 것 같았다. 가장 보호받고 돌봄을 받아야 하는 공간에서 그들은 참담한 일을 경험했던 것이다.

"그래도 나아졌다 해도 우리가 가서 밥 묵는 데는 정해져 있지. 빵이 있어도 다 팔렸다 하고, 뭐 영업 끝났다 하는데 다른 사람은 자리에 앉으라 하고" 베드로 씨에게만 있는 경험이 아니다. 그럴 때마다 소리라도 지르고 싶지만, 그것도 여의치 않다. 이러한 경험들은 "내 스스로 자꾸 오그라들어. 그냥 포기하게 만들어." 그럴 때마다 한 번씩 차를 타고 어딘가에 다녀오고 싶다. 그래서 하루에 두 번 차를 운행하는 장날에는 아침에 나가서 장을 한 바퀴 돌고 성심원으로 와서 점심 먹고 오후 차를 타고 다시 나가기도 한다.

아델라 씨는 한센병에 걸린 적이 없다고 강조한다. "나는 한센병 아이라. 6·25 때 폭탄 맞아 그런 기라." 병원에 가도 자신이 한센병이라고 말하지 않는다. 지금 여기저기가 아프고 기운이 없어 넘어지기도 했지만 병원에 가는 건 싫다. "나는 독해서 살아남았어. 배급받아 묵고 살고 니비(누에)도 키워 팔고. 한 사오십 년 됐다." 기운이 없어 누웠다 앉았다 하는 게 일이다 보니 갑갑하고 힘들다. 그래서 더 서럽다.

"이리 모아놓고 있는 게 차별 아이라요?"
"다 해주니 편하고 좋긴 한데 이리 모여 있는 건 안 반가버."

"함께 어울려 살아보면 좋겠는데. 우리도 사람 아인가. 하기사 거기 거기지, 뭐."

"우리끼리만 사니까 세상이 좋아지고 한센병이 전염병 아인 거 알고 해도 사회인은 우리를 안 좋아하지."

정말 세상은 좋아졌고 지금도 좋아지고 있다. 성심원도 세상 따라 발전했다. 지리산에서 나무 주워 밥하고 군불 떼다가 연탄

66

우리네 이웃들아 아옹다옹
얼굴 붉히지 말고
그대 인생의 행복을 찾는데
정성을 다하자
ⓒ 산청성심원, 성심원 풍경.

99

으로, 지금은 기름 보일러와 태양열로 난방을 하고, 1년 내내 수도꼭지를 틀면 따뜻한 물이 나온다. 가정사이든 요양사이든 한겨울이면 방바닥이 뜨거울 정도이고, 가정사 실내 온도계는 30도를 가리킨다. 가정사 집집마다 에어컨도 설치되는 중이다. 과연 좋아졌을까. 한센인들에 대한 차별은 곳곳에 남아 있다. "젤로 듣기 싫은 소리가 밖에서 와서 여게 보고 '천국이네' 하는 소리야." 성심원이 천국이라면 바깥세상은 어떤 곳일까?

산책길에 만난 요셉 씨에게 요즘 어찌 지내는지 물었다. "하느님이 나에게 준 것이라 생각해요." 옆에 있던 야고보 씨가 역정을 냈다. "물어볼 게 뭐 있어. 뻔한데. 사회 사람들은 뭔 말을 해도 '응응'만 하고 제대로 듣지도 않고." 요셉 씨가 희미하게 웃는다. 엠마 씨는 늘 이야기했다. "이리 따로 사니 서럽지. 그래서 매일 기도만 해. 그래도 기도라도 하모 마이 낫지." 여전히 문제는 남아 있고, 해결되지 않을 것이다. 그럼에도 한센인들은 스스로 해결 방법을 찾는다. 기도하고 또 기도하면서.

성심원에 있는 한센인들은 거의 다 한두 개의 질병을 지니고 있다. 백내장, 녹내장, 관절염, 고혈압, 불면증, 당뇨병 등의 질환으로 약을 먹는 게 중요한 일과 중의 하나이다. 집집마다 약을 보관하는 바구니나 딸기 대야가 있다. 여러 종류의 약들이 수북이 쌓여 있는 곳에서 용케도 시간에 맞추어 복용해야 하는 약을 골

라낸다. 신산했던 삶의 흔적이 온몸 여기저기에서 나타나고 있지만, 병원에 가도 약국에 가도 낫지 않고 시나브로 심해지고 있다.

유스티나 씨는 의지하던 아들을 먼저 보내고 화병이 나 있다. "우리 아들이 생 파절이를 참 좋아하거든. 젓국이 맛있어야 돼. 어머니가 주는 젓갈 맛있다고 늘 그랬어. 오모 줄라고, 좀 모자라서 사서 보태가 맛있게 만들어 놨는데 그걸 못 줬네." 아들이 성심원에 다녀간 지 한 달 만에 날아온 소식이었다. 생후 10일 만에 와서 품속에 넣고 키우던 외손녀가 유치원 다녀오던 길에 교통사고로 사망한 이후 마음 붙이고 살던 아들이었다.

집에 있으면 유스티나 씨 가슴은 터질 것만 같다. 그런 날이면 밭에 간다. 밭에서 땅을 일구고 있는 시간 동안에는 아무 생각이 나지 않고 살 것만 같다. "고구마, 옥수수, 참깨, 들깨, 근대, 마늘, 대파, 당근, 야콩, 땅콩, 상추, 아이고 모르겠다. 얼추 열네댓 가지 닥치는 대로 심는다." 아들을 잃고 지병인 당뇨가 심해지면서 시력도 잃어가고 있다. "여게는 땅이 좋아서 지렁이가 많아. 어제는 지렁이가 똥을 얼매나 쌌는지 흙이 여기저기 수북해. 지렁이가 많으모 안 좋다. 그것들이 다니면서 땅을 헤집으니까 새들이 와서 쪼아 묵기 좋은 기라. 씨 뿌려서 새 준다."

어느 날, 희미한 시선으로 밭을 가꾸다 문득 "하이쿠, 내가 사람 구실을 못한다. 이라다가 죽으모 너무 창피하다 싶어 그 길로 집에 와서 다 내다 버렸다." 직원의 도움을 받아 옷이며 그릇이며 거의 다 버렸다. "옷도 맨날 장에 가서 3000원이나 5000원짜리만 입어서 그런가 멀쩡한 기 없더라." 아프다 아프다 하면서 전동 휠체어를 타고 다니며 오늘도 밭으로 다니는 유스티나 씨가 못마땅한 예로니모 씨는 해묵은 짐들을 정리하고, 잔파를 절대로 키우지 않는 유스티나 씨의 마음을 모른다.

자꾸 설거지가 예로니모 씨에게 넘어오고 때로는 된장찌개도 직접 끓여야 하는 현실이 답답하기만 하다. 그래서 나가지 말고, 고된 밭일 하지 말고 편하게 있으라고 한 마디라도 하는 날이면 노부부 단 둘이 사는 집안 분위기가 냉랭해진다. 유스티나 씨는 자신의 마음을 몰라주는 남편이 원망스럽기만 하고, 예로니모 씨는 아프다 하면서 하루도 집에 있지 않고 되지도 않는 땅을 파는 아내를 이해할 수 없다. 예로니모 씨라고 그 슬픔을 왜 모르겠는가. 그도 아들을 보낸 아버지이고, 외손녀를 보낸 할아버지인데.

봄에 활짝 핀 들꽃은 마냥 즐거워 얼굴을 내밀어
봄 기운 무르익은 들판을 제 세상인 양 뽐내며
그러나 활짝 핀 들꽃도 시간이 지나면
소리 없이 시들어 바람에 휘날려 사라져 가고

인생도 일 년 내내 활짝 핀 꽃처럼

뽐내는 날이면 얼마나 좋을고

인생도 세월 따라 흘러가고

봄의 꽃처럼 소리 없이 시들고

식물의 꽃은 내년에도 세상에 나와 얼굴을

내밀 텐데 우리네 인생은

한 번 가면 언제 다시 올까

하염없이 눈시울만 젖어 온다.

우리네 이웃들아 아옹다옹

얼굴 붉히지 말고

그대 인생의 행복을 찾는데

정성을 다하자

—벨라디노, 「꽃과 인생」 2019년 5월 1일

── 삶을 사랑하는 구름 같은 사람들이 있다

성심원에는 노는 땅이 없다. 작은 공간만 있으면 어김없이 작물을 심는다. 심지어 지리산 언덕배기 비스듬한 땅에도 작물이 심어져 있다. 아직 바람이 차가운 2월 말에 바닥에 주저앉아 씨앗을 뿌리고 묘목을 심는 어르신을 만났다. 전동 휠체어는 세워놓고 일어서거나 쪼그려 앉을 수 없어 엉덩이로 땅을 밀고 다니는 모습에 호미를 달라고 했지만 요지부동이다. 사진을 찍어도 되냐고 물으니 멀리 떨어져서 찍는 건 허락해 주신다. 전동 휠체어에 실려 있는 물조리개를 전달해 주는 것만 겨우 할 수 있었다.

봄이 되자 작은 그 밭에서는 풋마늘이 자라고, 그 다음에는 잔파가 자라고, 상추가 자라더니 고추가 열리고 깻잎이 무성해졌다. 그리고 텃밭 경계를 따라 옥수수가 여물고 있었다. 저녁 반찬을 위해 깻잎을 따러 가다가 길가에 앉아 막걸리 대신 우유를 마시며 안주로 전을 붙이는 소피아 씨와 레아 씨를 만났다. 밭에서 막 따와 부친 콩잎 전은 바삭거리며 고소했다. 덤으로 따주는 오디를 먹으며 저녁 한 끼를 길에 앉아 해결했다. 보랏빛 물이 줄줄 흐르는 오디를 먹으며 누에 키우던 이야기도 들었다.

두 다리가 없어도 손가락이 펴지지 않아도 성심원의 한센인들은 땅을 일군다. 예전처럼 먹고 살기 어려워 채소를 심는 건 아니다. 땅에 씨앗을 뿌리고 묘종을 심어 키우면서 그들의 삶도 함께 가꾸어 간다. 땅을 키울 여력이 없으면 화분에, 빈 스티로폼 박스에 상추랑 고추를 키운다. 때로는 키우기만 하고 미처 다 먹지

못하여 시들면 다시 재배를 시작한다. 여기저기서 크고 작은 생명을 키우며 그렇게 시간을 보낸다. 채소를 키우고 키운 채소를 나누어 먹는 것, 그것은 여기 성심원의 한센인들이 신께 올리는 기도와 같다.

부지런하게 몸을 움직여 텃밭을 가꾸고 틈이 나면 경로당에 모여 화투를 친다. 고도리나 면화투는 심심해서 육백을 친다. 광도 팔고 재수 있으라고 복돼지도 갖다 놓고 치는데, 200원을 따면 그날은 재수 대박이다. 경로당에서 먹는 삶은 감자는 기막힐 정도로 맛있다. 겨울이 오면 모두 모여 떡국을 끓이기도 한다. 커다란 가마솥에 끓이는 떡국 한 그릇은 보약 한 그릇과 같다. 마음 맞는 친구끼리 진주 나들이도 하며 그렇게 지낸다. 한센인들과 함께 산청성심원은 60년의 세월을 건너오며 새로운 공동체, 치유의 공동체로 나아가고 있다. 한센인들은 함께 가꾸며 살아온 삶의 터전 한 곳을 장애인들을 위하여 내어줌으로써 세상이 그들에게 하지 않았던 환대를 실현하며 살고 있다.

"꼭 하고 싶은 말이 있어요. 우리도 같은 사람이라고, 너무 그런 눈으로 우리를 보지 말라고, 우리는 잘 살고 있어요. 이보다 더 바라면 염치없는 짓이지요. 다 옛날이야기 하잖아요." 시실로 씨의 말이 바람에 날리는 민들레 홀씨를 타고 날아가서 멀리멀리 퍼지기를 바란다. 사람이 사는 곳, 여기 성심원에는 질병이 남긴 상흔을 운명처럼 안고 사는 사람들이 있다. 사람이 사는 곳이기에 매일 매일 크고 작은 사건이 생기고, 해결할 수 없는 문제들이 있지만, 삶을 사랑하는 구름 같은 사람들이 있다. 여기 성심원에.

에필로그

　많은 시간을 버렸고 수없이 많은 원고를 지웠습니다. 처음에는 이분들의 이야기를 그대로 옮겨 적었습니다. 참으로 쉬운 글쓰기였습니다. 그런데 그런 글쓰기가 싫어졌습니다. 마치 이분들의 삶을 진열대 위에 올려놓는 것 같아서 싫었습니다. 모두 삭제했습니다. 훗날 내가 그 글들을 불온하게 사용하고 싶은 욕망이 일어날까 봐 모두 지웠습니다. 그리고 속수무책으로 시간을 보냈습니다.

　다시 글을 썼습니다. 작은 주제들을 정해서 그 주제에 맞는 이야기들을 써나갔습니다. 이제는 제대로 되는구나 싶어서 혼자 신이 났습니다. 이 글들도 지웠습니다. 이분들의 그 지난한 삶을 내가 멋대로 재단하는 것 같아 부끄러워서 지웠습니다. 이분들과 함께 지내는 시간이 늘어날수록 왠지 내 자신이 초라해지기 시작했습니다. 열 손가락이 멀쩡하여 이 글을 쓰는 그 자체가 미안하고 또 미안했습니다.

햇살이 따뜻하게 성심원의 내 방을 가득 채울 무렵, 무심코 내려다본 그곳에 작은 장미꽃이 피어 있었습니다. 찬바람이 불고 있는데 장미꽃은 조심스럽게 길가에 얼굴을 내밀고 있었습니다. '아, 찬바람이 불든 꽃이 필 시기가 아니든 피면 꽃이구나.' 순간 마음을 비워야 한다고 생각했습니다. 잘 쓰고자 하는 마음도 비우고, '어떻게 쓰지?' 하는 불안한 마음도 비우기로 했습니다.

그냥 내 마음이 가는 대로, 이분들의 삶이 흘러온 대로, 그렇게 글을 쓰자고 마음을 다잡았습니다. 경호강물이 흐르는 대로, 때로는 십자봉의 십자가처럼 그대로 수십 년을 변하지 않는 그 무엇처럼 자연스럽게 글을 쓰자고 마음을 다듬었습니다. 형식에도 얽매이지 말고 내용도 미화하지 말고 그렇게 글을 쓰자고 스스로 다짐했습니다. 김수영이 부르짖었던 "온 몸으로 밀고 나가는 시"처럼 나의 온 몸으로 온 마음으로 글을 쓰기로 했습니다.

마흔일곱 살에 한센인을 처음 만나 이야기를 들었습니다. 지금 내 나이 예순, 한센인의 삶을 이야기하는 나의 책으로는 두 번째이고, 산청성심원으로서는 첫 번째 책입니다. 이 책은 산청성심원의 도움 없이는 불가능했습니다. 2013년 늦가을부터 오랜 시간 동안 수없이 많은 도움을 주었고, 감사하게도 산청성심원 60주년 기념으로 출판도 도와주었습니다.

인사를 드리지 않을 수 없습니다. 오상선 바오로 신부님은 나를 성심원에 머무르게 하면서 이 책의 씨앗을 심었습니다. 김재섭 비안네 신부님은 이 책이 한 그루 나무가 될 수 있도록 비바람을 막아주었습니다. 신현재 라이문도 수사님은 몇 년의 시간 동안 용기와 희망을 주었습니다. 유의배 알로이시오 신부님은 존재만 으로 나를 지켜주었습니다. 일일이 다 열거할 수 없이 많은 수도 자들과 직원들의 도움을 받았습니다.

7년 동안 나의 가장 큰 길동무는 산청성심원에 거주하시는 한 센인들입니다. 만나는 모든 분들이 나를 아껴주었고 염려해 주었 습니다. 몸은 아프지 않은지 염려하고, 밥은 제때 먹고 있는지, 춥 거나 덥지 않은지 걱정해 주었습니다. 당신들의 이야기를 가감 없이 들려주었습니다. 이 책의 저자는 산청성심원에서 예수님 과 함께 살아가는 한센인들입니다. 나는 그분들의 대리자일 뿐 입니다.

이제 이분들에게 남겨진 시간이 많지 않은 것 같습니다. 그래 서 이분들의 삶을 기억하고자 이 글들을 산청성심원 바깥세상으 로 내보냅니다. 기억하는 이 없이 마치 처음부터 있지 않았던 사람들처럼 그렇게 이분들을 떠나보낼 수 없기 때문입니다. 살아남은 자는 강합니다. 살아남아 증언하는 자는 위대합니다. 강하고 위대한 사람들과 함께 한 나의 7년은 참으로 행복했습니다.

　너무나 당연한 시간의 순서인 봄-여름-가을-겨울 대신 산청 성심원에 계시는 분들의 삶의 여정을 중심으로 글을 썼습니다. 이 글을 쓰는 동안 돌아가시거나 세례명을 밝혀도 된다고 허락하신 분들은 세례명을 그대로 표기했습니다. 이름도 세례명도 밝히고 싶어하지 않는 분들은 가명의 세례명으로 표기했습니다. 이 글이 산청성심원 가족들에게 또 다른 상처가 될까 봐 염려됩니다. 혹여 마음을 아프게 해드렸다면 사죄드립니다.

2019년 9월 마지막 날에

김성리

다시 봄이 온다, 우리들의 봄이

1판 1쇄 발행 2019년 10월 10일

지은이 | 김성리
기획 | 산청성심원

펴낸이 | 조영남
펴낸곳 | 알렙

출판등록 | 2009년 11월 19일 제313-2010-132호
주소 | 경기도 고양시 일산서구 중앙로1455 대우시티프라자715

전자우편 | alephbook@naver.com
전화 | 031-913-2018
팩스 | 031-913-2019

ISBN 979-11-89333-19-5 03810